KB262216

육아의 고단함에 지친 수많은 엄마들이
아이와 함께하는 '지금 이 순간'의 행복에 대해 알게 됐다고
가슴 절절히 고백하며 추천하는 책!

엄마의 의무로 무엇을 해줘야 한다는 제목이 넘쳐나는 육아서 사이에서 아이가 엄마에게 행복을 준다니! 아이와 눈을 맞추고, 함께 성장하며, 자연과 함께 즐기라고, 이만하면 충분하다고 말해주는 문장에 깊은 위로를 받았습니다. 월궁항아 님

기분 좋은 육아서를 만났습니다. 작가의 말처럼 아이의 탄생은 우리의 실생활을 충분히 압박합니다. 그런데 그것으로도 모자라 아이를 키우는 데 도움을 받기 위해 보는 육아서마저 압박이 된다면 아무리 많은 육아서를 본다 해도 그게 얼마나 나와 아이에게 좋은 영향을 끼칠까요. 안 그래도 초조하고 불안하기만 한 초보엄마에게 보통의 육아서는 무언의 의무와 책임만 쥐어주는 것 같아 답답했습니다. 그럴 때 단비 같은 이 책을 만나 반갑고 고마웠습니다. 시월사일 님

아이가 어떻게 하면 똑똑해질까에 대한 정보를 원한다면 이 책을 살짝 내려놓고 다른 책을 읽는 것이 좋을지도 모릅니다. 아이가 성장하는 동안, 조금씩 유연해진 엄마의 생각들을 통해 나 또한 성숙해질 수 있어서 작가님의 글이 참 좋습니다. 디지로그님

'모두들 이렇게 한다'는 생각 속에 어느새 육아도 유행에 휩쓸리게 되었고, 경쟁이 되어버렸네요. 그런 가운데 자기 나름의 소신을 지키기란 참으로 어려운 일입니다. 하지만 내가 본 오소희 작가는 그런 소신 있는 몇 안 되는 사람들 중 하나입니다. 아이를 키운다는 건 '유년을 두 번 사는 일'이라는 말처럼 육아란 부모가 일방적으로 아이를 위해 희생하는 것이 아니라, 아이를 통해 부모도 함께 자라는 과정임을 깨달았습니다.
bolero82 님

아이를 낳고 나서는 세상 모든 것이, 심지어는 나 자신조차도 새롭게 태어난 것 같았습니다. 그리고 아이가 세상을 하나씩 알아가는 모습, 눈빛, 무심코 튀어나오는 말들 속에서 엄마는 세상을 배워나가게 됩니다. 이 책을 읽으면서 저도 욕심이 생깁니다. 나도 이렇게 우리 아이가 내게 해주는 대화들을 소중히 간직해놓고 싶다, 라는 생각을요. sarakys 님

항상 조금만 잘못해도 아이들에게 소리 지르기만 바빴던 엄마, '하지 말라'는 말만 되풀이했던 엄마, 그런 엄마가 바로 저였기에 이 책을 읽으면서 정말 부끄럽더라고요. 아직 어린아이에게 한글을 모르고, 숫자를 모른다고 답답한 마음에 윽박지르던 제 자신을 정말 반성했습니다. 대신 우리 아이들을 '있는 그대로' 봐주어야겠다고 결심했습니다. hee741209 님

일상의 소소한 작은 행복들을 가슴에 안고 매일을 살아가는 작가님의 모습을 닮고 싶다는 생각이 듭니다. 아이를 키우는 엄마라면 누구나 꼭 한 번 읽어보시면 좋겠다는 생각을 했습니다. 특히, 육아에 힘들어하는 엄마들이라면 더욱더요! imhappy11 님

이제부터라도 아이의 눈을 들여다보고 아이의 말에 귀 기울이겠노라 다짐해봅니다. 멀리 여행을 떠나 세계 곳곳을 보여줄 수는 없지만, 가까운 공원에라도 함께 나가 '엄마가 나를 사랑하고 있구나' 하는 것을 내 아이가 느낄 수 있게끔 노력해야겠다는 결심을 했네요. 별빛향기 님

책을 읽으면서 나도 모르게 눈물이 나는 대목이 참 많았습니다. 시종 유쾌하면서도 진지하게, 아이 마음의 곱고 여린 결을 섬세하게 짚어가면서 성심껏 대화하는 엄마의 모습은 그 어떤 육아서보다도 많은 가르침을 주었습니다. 연신내새댁 님

격려와 위안과 끄덕끄덕 깨달음을 주는 이 책을 읽으며 앞으로도 오래오래 이어질 내 엄마 노릇에 진심으로 힘을 얻었습니다. 평온 님

# 엄마, 내가 행복을 줄게

엄마와 아이가 서로 마주하며 나눈 가장 아름다운 대화의 기록

# 엄마, 내가 행복을 줄게

오소희 지음

북하우스

# 아이들이 성장하는 동안,
# 우리도 더불어 행복한 성장을 한다

이 책은 아마도 육아서로 분류될 것이다. 그러나 대부분의 육아서와 달리, 최첨단 지식과 조언을 담은 책은 아닐 것이다. 작가로서도, 엄마로서도, 나는 마치 좋은 부모가 된다는 것이 엄청나게 공부를 해야 하는 일이며 특별한 자격을 요하는 일인 것처럼 압박하는 육아서들이 늘 부담스러웠다.

그러한 압박이 아니더라도, 아이의 탄생은 이미 우리의 실생활을 충분히 압박해 들어온다. 갓난아기가 출현하는 순간부터 우리는 맘대로 잘 수 없고 맘대로 나다닐 수도 없으며 비위가 좋든 나쁘든 밥 먹다가도 일어나 똥기저귀를 갈아야 한다. 아기는 "나에게 너를 맞춰!" 강요한다. 이전에 하이힐을 신고 우아한 블라우스를 빛내며 주말마다 걸었던 거리를 우리는 일 년에 한두 번쯤 간신히 짬을 내 걸을 수 있을 뿐이다. 그것도 감지 않은 머리를 질끈 묶고 치렁치렁 아기띠와 기저귀 가방을 멘 채로. 오랜만에 레스토랑에서 식사를 할 때면 아이가 우리의 어깨에 냄새 고약한 우유를 토해내고, 어렵사리 시작된 대화가 좀 무르익는다 싶으면 기다렸다는 듯 울음을 터뜨린다. 일 년에 고작 한두 번뿐일 외출이건만, 그나마도 번번이 급하게 마감된다. 그리고 어정쩡하게 바깥공기를 쐰 감회에 젖기도 전에 그날 밤 아이는 보란 듯이 기침을 시작한다. "거봐, 난 집에 있고 싶었단 말야!" 나무라기라도 하듯.

아이가 있기 전과 후는, 그래서 같을 수가 없다. 우리는 모두 변화한다. 아이를 중심으로 스케줄을 짜며 아이를 중심으로 식단을 짠다. 아이를 중심으로 사고하며 아이를 중심으로 세상을 바라본다.

그럼에도…… 신기한 노릇이다. 우리의 얼굴에 토하고 품 안에 쉬를 하는 이 작은 악마들이 어쩌다 천사처럼 한 번 씨익 웃어주기라도 하면, 우리는 세상에 둘도 없는 바보가 되어 '더 잘' 하고 싶어진다. 이 작은 애물단지들에게 더 좋은 것을, 더 많은 것을 주고 싶어진다. 여기에 자식 사랑의 신비가 있다. 우리는 이 신비로운 힘으로 지쳐 있을 때 한 걸음 더 앞으로 나아가며, 혼자였다면 결코 해내지 못했을 일들을 천하장사처럼 너끈히 해내곤 하는 것이다.

이 글은 그 '신비로운 힘'을 불러일으키는 순간에 대한 기록이다. 자식을 키우면서 한평생 받을 효도를 한꺼번에 다 받는다는 유아기, 그 가운데 네 살부터 일곱 살까지의 기록이다. 이때에 세상의 모든 아이들은 새로이 배운 말과 자유로이 놀리게 된 몸으로 온갖 예쁜 사랑을 고백하고 온갖 귀여운 행동을 하며 온갖 엉뚱한 질문을 한다. 우리는 때로 감동하고 눈시울을 붉히며 폭소를 터뜨리고 당황한다. 우리의 감동과 눈물과 웃음과 당황스러움을 천연덕스럽게 먹고 아이들은 쑥쑥 자라난다. 아이들이 성장하는 동안, 우리도 더불어 행복한 성장을 한다. '나'가 아닌 '우리'를 새로이 배우며, 삶의 작은 순간들에 '감사'하는 법을 배운다. 우리는 진정한 어른으로 거듭난다.

나는 마치 노후보장보험에 드는 심정으로 이 시기에 아이와 나눈 대화들을 차곡차곡 기록해두었다. 평범한 엄마와 평범한 아이가 사랑이라는 조건 없는 신비를 만나 '특별해지는' 순간을 차곡차곡 포착해둔 것이다. 언젠가 마음이 가난해졌을 때 다시 들여다보면 입가에 미소가 머물 것 같아서였다. 마음 가득 행복이 차오르는 부자가 될 것 같아서였다. 필시 다른 부모들도 가슴속에 유사한 보험 하나씩은 들어놓고 있을 것이다. 따라서, 이 책 속에 나오는 아이의 이름은 비록 '중빈'이지만, 실은 '꽃님'이라도 좋고 '민서'라도 좋겠다. 귀한 영혼의 새싹을 틔우며 편견 없이 세상을 바라보는 어린아이들의 순수한 합창이 편의상 한 아이의 입을 빌려 발화되고 한 엄마의 손을 빌려 기록된 것이라 보면 좋겠다.

요컨대, 이 책이 당신에게 드릴 수 있는 것은 알짜배기 육아정보가 아니다. 나는 다만 당신에게 위안과 격려를 드리고 싶다. 육아란 치열하게 공부해야 할 대상도 부담스러운 일도 아니며, 그저 이 순간 '아이의 눈을 들여다보고 아이의 말에 귀 기울이는 것'으로 충분한 일이라고. 학습지나 학원의 부추김에 호응하면서 초조하게 결과물을 채근하는 낯선 부모의 역할에서 한번쯤 벗어나 물속에 고기를 놓아주듯이, 새장의 문을 열어주듯이, 지금 눈앞에서 엉덩이춤을 추며 탐스럽게 하루하루 허벅지 굵기를 키워가는 아이의 다시없을 한 순간을, 그저 어깨에서 힘 빼고 즐겨보시라 권해드리고 싶다. 그렇게 스스로 뿌듯해하고 스스로 대견히 여겨보시라 권해드리고 싶은 것이다.

이 책을 읽는 동안, 서로 사랑하는 '평범한' 모자가 마주 바라보며 귀 기울여 '특별히' 행복해진 순간들이 편안하게 전이되었으면 좋겠다. 그리하여 책을 덮은 뒤, 당신도 사랑하는 아이와 마주앉아 서로 귀 기울이고 싶어졌으면 좋겠다. 그때에 입가에 미소가 오래오래 머물 수 있으면 좋겠다.

# 영영 끝날 것 같지 않던 그 시절이
# 얼마나 일시적인 생의 축제였는지

『엄마, 내가 행복을 줄게』가 여섯 살을 맞아 개정판을 내게 되었습니다. 이 책은 제가 집필한 책들 가운데 제게 가장 소중한 책입니다. '엄마'라는 생을 시작하면서, 사랑이 뜨겁게 넘칠 때마다 줄줄이 받아쓰기 한 글들이기 때문입니다.

책이 나이를 먹는 동안 중빈과 저도 나이를 먹었습니다. 책 속에서 유아로 등장했던 아이는 이제 방문을 쾅 잠가버리기도 하는 십대가 되었고, 저는 이 새로운 성장의 국면을 맞이하기 위해 고군분투하며 주름이 더 깊어진 엄마가 되었지요. 유아기에 아이가 똥을 싸면 엄마는 그것을 닦아주어야 하듯, 사춘기에 아이가 감정을 발산하면 엄마는 또 그것을 의연하게 닦아내야 합니다. 까라면 까야지요. 해병대는 아니지만 '한 번 엄마는 영원한 엄마'이니까요.

그래서였을까요? 개정판 작업을 위해 책을 다시 펼쳐보는 내내 저는 여러 번 코끝이 찡해졌습니다. 한동안 잊고 지냈던, 입만 열면 옥구슬을 뱉어내던 귀여운 꼬마가 책 속에 살고 있었기 때문이죠. 시종일관 감탄하며 옥구슬을 주워 모으는, '사랑에 푹 빠진' 엄마도 거기 있더군요. 눈물을 훔치며 생각했습니다. 그들은 지금 어디로 갔단 말인가?

잠가놓았던 벽장문이 열리듯, 한 시절에 대한 기억이 와르르 쏟아져 나왔습니다. 통통한 뺨의 감촉, 가늘고 높은 톤의 "엄마!" 하던 소리, 입술에 닿던 이마의 솜털…… 같은 것들이 말입니다. 그렇게 어린 중빈이 달려와 제게 안겼고 저는 벅찬 감동으로 그 꼬마를 끌어안았습니다.

몰랐는데 많이 그리웠더군요. 그 부드러운 감촉들이 사라진 빈자리, 그러니까 어쩔 수 없이 조금씩 성겨지고, 어쩔 수 없이 조금씩 까끌해지고, 때로 상처가 되는 말들도 서슴없이 오가는 '성장과 독립'의 벽장 밖 오늘이…… 몰랐는데 많이 헛헛했더군요. 한 여성으로서 가슴이 그처럼 꽉 차오르는 때는 다시 없겠지요. 정말이지 그 시절을 기록해두길 참 잘했다 싶었습니다.


벽장문이 열린 그날 밤부터였습니다. 사춘기 아들의 잠자리에서 책 내용의 한두 꼭지 정도를 읽어주기 시작했죠. 다 큰 녀석에게 책을 읽어주지 않은 지는 오래되었고, 책은커녕, 사실 밤에 노크 없이 방문을 함부로 열기조차 조심스러운 나이가 되었지만 말입니다. 그런데 책을 읽기 시작한 지 오 분이나 지났을까요. 아이는 자신이 오래전 했던 말이나 행동에 키득댑니다. "어휴, 쪽팔려" 하면서도 푸하하 뒤집어집니다. "그만 읽을까?" 하면 "아니, 더 읽어줘" 하더군요.

소중하고도 신비로운 경험이었습니다. 여드름과 반항기가 비죽비죽 솟아나오는 소년에게도 벽장문이 활짝 열리더니 뭔가 와르르 쏟아져 나오는 것 같았지요. 꿀같이 달던 젖 냄새, 넘치게 받았던 사랑의 눈길, 뒤뚱거리 때 부축해주었던 엄마의 든든한 손…… 같은 것들이 말입니다.

물론 아들은 벽장에서 쏟아져 나온 것들 때문에 저처럼 눈물을 훔치거나 하지는 않았습니다. 녀석에겐 새롭게 채워갈 '미래의 역할'과 '미래의 아이'가 있기 때문이겠죠. 이런 것들이 커다란 설렘으로 다가왔을 테니까요.

그럼에도 제가 방에서 나오기 전 굿나잇 포옹을 할 때면 아이는 오래오래 엄마를 끌어안았습니다. 그렇게 가슴 가득 차오른 감동을 나눈 뒤, 우리는 밤의 평화 속으로 서로를 놓아주었지요.

'성장과 독립'의 숨 가쁜 과정들은 이렇게 위로를 받으며 계속 진행형이 되려는가 봅니다. 초판 프롤로그에서 노후보장보험에 드는 심정으로 어린 중빈과 나눈 대화를 기록해두었다 했는데, 노후까지 갈 것도 없이, 벌써 만기가 되어 보험을 타 쓰고 있습니다.


생의 단락들은, 지나고 나야 그 의미가 분명해지곤 하지요. 이제는 분명히 알 것 같습니다. 과중한 육아에 몸살을 앓던 그 시절이, 영영 끝날 것 같지 않던 그 시절이, 실은 얼마나 '일시적인' 생의 축제였는가를요. 아이가 천진하게 눈을 빛내며 자신을 송두리째 엄마에게 맡기고, 엄마는 그 막중한 책임과 사랑으로부터 세상을 온통 끌어안을 용기를 다잡는 시간, 생각보다 짧습니다. 지나고 나면 반드시 그리워집니다.

지금 육아의 한가운데에서 몸살을 앓는 엄마들에게 '무조건 화이팅' 하라고 응원해드리고 싶습니다. 부디 이 축제 기간 동안 아이들이 뱉어내는 옥구슬을 차곡차곡 모아두었다가, 제대 없는 해병대 생활이 힘에 부칠 때마다 우황청심환 삼키듯 하나씩 꺼내 삼키며 힐링하시기를.

만 오 년이 넘는 시간 동안 『엄마, 내가 행복을 줄게』를 사랑해주셔서 진심으로 감사드립니다.

# 아이가 자란다

# 아이가 자란다

# 감기를
# 낫게 하는 법

삼월에도 내키면 샌들을 신곤 하는 남다른 차림새 때문일까. 한 번 깃든 감기가 한 달째 머물렀다. 보다 못한 여섯 살 아이의 처방전.

엄마, 이리 와봐.

내가 꼭 안아줄게. 아주 꼬옥……

이렇게 하면, 내 사랑이 엄마한테 가는 거야.

내 가슴에서 엄마 가슴으로.

자, 더 꼬옥…… 안아줄게.

인제 엄마는 내 사랑으로 가득 찼어.

머리도, 가슴도, 배도, 다리도, 발가락까지……

인제 감기가 있을 자리가 없어.

그러니까 다 나은 거지.

어때, 안 아프지?

끄덕끄덕

좋아. 아주 잘했어.

어, 근데 엄마가 계속 자라네.

내 사랑이 점점 커져서 엄마도 쑥쑥 커지네.

엄마가 지붕을 뚫고 하늘을 뚫고 우주까지 커지네.

그 우주를 뚫고

또 그 밖에 있는 우주를 뚫고

또 그 밖에 있는 우주를 뚫고

또 그 밖에 있는 우주를 뚫고 또 뚫고……

하느님이 깜짝 놀라네.

하느님한테 빨리 "안녕하세요" 해.

안녕하세요.

인제 돌아와야지.

어떻게?

나한테 도로 사랑한다고 말해.

그럼 쬐끔씩 작아질 거야.

사랑해 사랑해 사랑해 사랑해 사랑해……

엄마가 목성까지 왔어.

화성까지 왔어.

사랑해 사랑해 사랑해 사랑해 사랑해……

인제 지구까지 왔어.

엄마아아아아~!

보고 싶었어.

와락, 끌어안는다.

에고, 살살 끌어안아라. 다시 커질라.

그리고 그로부터 이틀 뒤, 거짓말처럼 감기가 나았다.

# 우리는
# 가족

셋이서 차를 타고 가고 있었다. 남편이 운전을 하고 어찌어찌 자리다툼을 하다보니 아이가 조수석에, 내가 뒷자리에 앉았다. 비 때문에 차 창문을 모두 닫았는데 갑자기 구리구리한 냄새가 나기 시작한다.

누가 방귀 뀌었어?

남편이 묻고, 중빈이 못 들은 척 창밖을 내다본다. 보나마나 이 녀석 작품이다. 그렇다면 빨리 창문을 열어야 살아남는다. 변비 때문에 사나흘에 한 번 큰일을 볼까 말까 한 중빈. 밀폐된 공간에 갇혀 녀석의 방귀를 만난다면 한 오라기도 남김없이 머리카락이 빠져버리고 말 것이다. 창문을 열어 한 번 환기를 시키고 다시 닫았다. 그런데 이번엔 정체불명의 발 냄새가 슬슬 나는 것이 아닌가?

이번엔 누구 거야?

내가 툴툴대며 유력한 용의자인 남편의 발을 살핀다.



빨간 신호등에서 남편이 신발을 벗어 맡아보라며 발을 올린다. 나는 거부하고, 중빈이 서슴없이 아빠의 발에 코를 묻는다. 다섯 살 아이는 요즘 모든 기기묘묘한 냄새에 매혹되어 있다. 나에게는 이미 '좋은 것'과 '나쁜 것'으로 확실하게 입력되어 있는 세상의 냄새들을 망설임 없이 가까이하고 탐색한다. 분명히 고약한 냄새도 "잠깐만, 한 번만 더!" 하며 은근히 즐기는 듯하고, 정체가 모호한 체취일수록 오랫동안 콧구멍을 벌렁거린다.

생각해보면, 내게 좋은 것과 나쁜 것으로 차별되어 입력된 냄새의 메모리가 형성되는 과정에서도 셀 수 없이 많은 데이터가 있었다. 주먹을 오래 쥐고 난 뒤 손에 밴 땀 냄새, 바쁜 일상에 쫓겼던 엄마의 머리 냄새, 콧잔등에서 말라가던 침 냄새, 초등학교 재래식 화장실의 크레졸 냄새, 엄지발톱에 낀 먼지 냄새, 과일처럼 달콤한 향내를 풍기면서도 먹을 수는 없어 안타까웠던 지우개 냄새…….

아빠 발에서 나는 냄새 아닌데?

남편이 안도한다. 아이가 신발을 벗고 자신의 발 냄새를 맡는다.

이번에는 나도 기꺼이 맡는다. 요 말랑말랑한 꼬맹이 발에서 냄새가 날 리가 없지. 이젠 내 차례. 내가 발을 내밀자, 두 남자가 동시에 얼굴을 들이댄다.



신호가 바뀌고 남편이 다시 운전대를 붙잡는다. 아이가 다시금 뒤를 돌아보더니, 내게 씨익 미소 짓는다.



나는 다시 발을 내놓고 아이는 내 엄지발가락과 새끼발가락을 양손에 쥐고, 치즈를 차지한 작은 새앙쥐처럼 행복하게 코를 벌름거린다.

기분이 묘하다. 이런 순간이 있다. 우리는 정말 가족이구나, 느끼게 되는 순간. 세 사람, 마음껏 발가벗고 춤을 추고, 동시에 코를 파고, 같은 음식을 먹고 비슷한 방귀 냄새를 퍼뜨리는 순간.

세상 다른 사람과는 기분 좋게 나눌 수 없는 것을 부끄러움 없이 나눌 수 있다. 망설임 없이 함께할 수 있다. 은밀한 것이 오픈되고 부끄러운 것이 유머가 된다. 서로 다른 타인이 만나 가족이란 온전한 이름을 얻게 되기까지 정말로 많은 시간과 에너지가 허공 중에 흩어지고 무의미하게 낭비되는 것 같지만, 그 무의미함을 견디고, 서로 함부로 할퀸 상처를 견디고,

익숙한 권태를 견디고, 반복이라는 이름의 노동을 견뎌내면, 끊임없는 자동차 경적 사이로 잠시 고요가 찾아들고 그 순간 아리따운 새가 우짖듯이, 이런 충만한 느낌의 순간이 있다.

　　아, 우 리 는 　가 족 이 구 나.

# 내 사랑은……

늦은 밤이었다. 아이가 방 정리를 하라는 나의 말을 열 번쯤 꿀떡 삼키고 딴전을 피워댔다. 드디어 소나기처럼 쏟아지는 내 잔소리. 따다다다 다다 다다……. 한껏 흥분한 일장 연설이 계속되고 있는데 아이가 태연자약한 얼굴로 입을 뗀다.

엄마, 그만.

아이의 얼굴을 보니 변명을 하려는 것도, 잔소리가 듣기 싫다는 것도 아니었다. 오히려, 조금 의아한 얼굴이었다.

엄마는 저 위에 언제나 태양이 있다는 걸 몰라?
아…… 알지.
내 사랑은 그 태양과 같아.
구름 낀 날에도 언제나 거기 있는 거야.

그러고 보니, 언젠가 서점에서 사랑을 태양에 비유한 책을 함께 읽은
적이 있는 것도 같다.



여섯 살 꼬마는 대답 대신 고개를 몇 번 흔든다. '그런 질문을 하다니,
너도 참……' 하는 식으로.



날 똑바로 바라보며 내 손을 가져다가 자신의 가슴에 댄다.



그리고 녀석은 돌아서서, 별로 어려운 일도 아니라는 듯이 장난감을
줍기 시작했다.

당 했 다 ……

# 우리 집 가훈

한 달 뒤면 만 네 살이 되는 아이. 엄마 아빠의 분위기가 심상치 않을 때면, 제법 화해무드를 조성하려 애를 쓰기도 한다. 이틀간 싸늘한 두 어른 사이를 열심히 오가며 '서로 붙여주기'를 시도했던 아이가 드디어 엄마 아빠의 사이가 좋아지자 근엄히 꾸짖을 때가 되었다고 생각한 모양이다.

엄마, 아빠. 여기 좀 앉아봐.

아이의 목소리가 심상치 않다. 순간 집안에 긴장이 감돈다. 남편과 나는 무슨 영문인가 싶어 나름대로 흐트러진 자세를 바로잡고 거실 바닥에 앉는다.

엄마, 아빠, 엄마 아빤 왜 싸워?
글쎄…… 우리는…… 서로 의견이 다를 때
말다툼을 하게 되는 거야.

아이는 알겠다는 듯 신중하게 고개를 끄덕인다. 그리고 해결책을 제시한다.

알겠어. 그럼 잘 들어봐. 아빠, 아빠는 제발 엄마 말 좀 잘 들어.

아이는 눈에 최대한 힘을 주며 남편을 똑바로 쳐다본다. 남편이 얼른 고개를 끄덕인다.

그리고 엄마, 엄마는 아빠 말 좀 잘 들어.

나도 냉큼 고개를 끄덕인다.

그리고 잘 섞어! 알았어?

푸하하, 웃어대느라 우리의 대답이 시원치 않자, 재차 묻는다.

오케이?
네엣!!!

이번엔 대답이 흡족했는지, 아이가 콧노래를 부르며 호기로운 발걸음으로 제 방에 들어간다.

이제부터 우리 집 가훈은 '잘 듣고 잘 섞자!'이다.

# 사랑하는 사람의
# 마지막 순간

아이와 책을 읽고 있었다. 책을 읽어줄 때, 나는 중간중간 질문을 던지는 편이다. 제목은 『가장 큰 곰 The Biggest Bear by Lynd Ward』. 다음은 줄거리.

조니는 깊은 계곡 숲 근처에 사는 아이. 조니는 불만이 하나 있다. 마을 사람 모두가 사냥한 곰 가죽을 하나쯤 지니고 있는데, 자신의 가족에게는 없는 것이다. 어느 날 스스로 곰을 잡아오겠다며 숲으로 향한 조니는 우연히 새끼 곰을 발견하고 집으로 데려온다. 곰은 닥치는 대로 먹기 시작한다. 그리고 금세 집채만큼 커져서는 이웃 농가의 귀중한 농작물을 사정없이 먹어치우기 시작한다. 이웃들이 항의하고 조니의 아버지는 곰을 숲에 데려다 놓으라고 한다. 조니는 숲의 외진 곳에 곰을 슬쩍 버리고 오지만, 그때마다 곰은 용케도 되돌아온다. 이제 아버지는 조니에게 '남은 일은 한 가지뿐'임을 알린다. 조니는 자신이 그 일을 하겠다고 한다.

그 한 가지 남은 일이 뭘까?
곰을 죽이는 거.
그렇담 왜 조니가 하겠다고 했을까?
곰을 사랑하니까.
왜 사랑하면서도 기꺼이 죽이려 하는지 알고 있니?
응.
정말? 그렇게 복잡한 감정을 이해하긴 쉽지 않은데……
내가 말해줄게. 우리가 누굴 사랑하면, 그 사람과 함께 있고 싶고
그 사람의 마지막 순간을 보고 싶은 거야.
헉! 그걸 어떻게 알았니?
내 친구들이 나한테 안녕 할 때, 난 걔네가 사라질 때까지 쳐다봐.
완전히 안 보일 때까지.
그렇구나……

여기까지는 아들의 이해를 돕는 교육자적인 엄마의 자세. 이다음부터
는 나날이 애정표현이 줄어드는 아들에게서 사랑을 확인받으려는 엄마의
처절한 몸부림.

중빈, 넌 누굴 가장 사랑하지?
엄마.
만약 엄마가 늙고 아프다면 어떻게 할 거야?
엄마 곁에 있어야지.
만약 네가 바쁘거나 먼 데 있어야 한다면?

걱정 마. 바로 뛰어올 테니까. 엄마의 마지막 순간을 함께할게.

아이고, 이 예쁜 것!!! 사랑한다!!! 뽑뽑뽑쪽쪽쪽……

인제 제발 질문 좀 그만하고, 그냥 나머지나 읽어줘!!!


여섯 살 가을이 되니, 부쩍 성숙해진 까닭일까.

이즈음 모자지간 사랑의 대화는 마무리가 꼭 이렇다.

매달리는 사람과 이를 떨치고 빨리 볼일을 보러 가고 싶은 사람. 흑.

# 아직은

욕실에서 샤워를 마치고 성큼 걸어나오는 아이. 매일 보는데도, 발가벗고 있어 그런지 깜짝 놀랄 만큼 길고 가늘다. 어느새 통통한 아기 몸은 흔적도 없이 이렇게 훌쩍 자랐구나. 아이 앞에 앉아 손을 꼭 잡는다.

우리 중빈이가 이렇게 커버렸네!

내 목소리에 대견함과 함께 아마 안타까움도 묻어났을 것이다. 아이가 내 어깨에 팔을 두르고 진지하게 말한다.

엄마, 걱정하지 마.
내가 이렇게 커도 엄마를 계속 사랑하는 거야.
내가 더 많이 크면, 더 많이 사랑하는 거야.
그러니까 걱정하지 마아~.

아이는 마치 어린아이를 달랠 때처럼, 한참 동안 내 등을 토닥토닥 두드려준다. 조금 더 크면 제 방문을 꽝 닫고 들어가면서 "엄만 상관 마!" 하고 말할 날이 오겠지.

그래도 오늘,
녀석의 쬐그만 품에 안겨(?) 듣는 거짓말,
제법 달콤하다.

# 세 가지 무한한 것

엄마, 하늘 위에, 그 위에, 그 위에, 그 위~에는 뭐가 있어?

우리가 위로, 위로 올라가면, 파란 하늘이 있고 구름도 있지.

너도 비행기로 가봤지?

응, 나도 알아.

우리가 그보다 더 높이, 높이 올라가면, 점점 깜깜해져.

햇빛도 거기까진 닿지 않아.

그곳을 우주라고 불러. 지구도 우주의 아주 작은 일부지.

그럼 행성들도 다 깜깜해?

우주선이 행성에 충돌하면 어떡해?

글쎄, 아마 햇님처럼 스스로 빛을 내는 행성들도

틀림없이 있을 거야.

파란 행성, 분홍 행성, 초록 행성…… 들도 분명히 있을 거야.

음…… 우주 너머에는 뭐가 있어?

아무도 그 너머까지 가보지는 못했어.

그러니 아무도 확실히 그것에 대해 말할 수는 없을 것 같아.

하지만 우주를 공부하는 천문학자들은 우주가 무한하다고 해.

우주는 조금씩 팽창한대.

무한하다고?

응. 무한한 것에 대해 생각하는 건 쉽지 않은 일이야.

우리가 무언가를 떠올리면 언제나 그 형태를 먼저 떠올리니까.

하지만, 무한한 것들은 형태가 없어.

계속해서 커지지.

언제나 우리가 상상한 것보다 더 거대해.

이해하겠니?

응.

그런데, 무한한 것들이 또 있어.

정말? 예를 들면?

숫자가 그래. 어떤 숫자가 아무리 크더라도,

그보다 더 큰 숫자가 언제라도 존재하지.

이를테면, 백만은 큰 숫자지만, 바로 그 뒤에는 백만 일이 있잖아.

백만 이도 있고 백만 삼, 백만 사, 백만 오 육 칠……

십억도 마찬가지야.

십억 이십, 십억 삼십……

이제 숫자가 무한하다는 것을 이해하겠니?

물론.

또 한 가지 무한한 것이 있어, 아들.

와, 또? 뭔데?

네가 맞춰봐. 엄마가 힌트를 줄게.

이건 네 가슴속에 있지만, 동시에 다른 어느 곳에서도 존재하는 거야.

음…… 나 알아!

정말? 뭔데?


사 랑!!!

엄마, 이리 와봐.
내가 꼭 안아줄게. 아주 꼬옥……

이렇게 하면,
내 사랑이 엄마한테 가는 거야
내 가슴에서 엄마 가슴으로.

자, 더 꼬옥…… 안아줄게.

인제 엄마는
　　　　내 사랑으로 가득 찼어.

# 중빈의
# 첫사랑

중빈이가 사랑에 빠졌다. 그녀의 이름은 현송. 다섯 살 동갑내기 공동육아
어린이집 친구다. 사랑에 빠진 중빈, 어느 날 엄마에게 독립을 선언한다.

엄마, 엄마는 (지금 우리 집인) 504동에 살아.

나는 현송이랑 결혼해서 511111동에 살게.

(뭣이라?) 그럼 너 잘 때 엄마 없어도 괜찮겠어?

괜찮아. 현송이랑 꼭 끌어안고 자면 돼.

(충격!) 엄마가 보고 싶을 텐데……

엄마가 보고 싶으면 놀러 올게. 현송이랑 아기를 낳아서

아기도 데려올게.

우리가 놀러 오면 엄마는 아기를 돌봐줘.

현송이랑 나랑은 안방 침대에 가서 잘 테니까.

(뭐 이런 넘이 다 있노) 아기가 울면?

엄마가 얘기해줘. "엄마 아빠는 잔다. 울지 마라."

그래도 계속 울면?

계속 말해줘. "엄마 아빠는 잔다" 하고 잘 달래줘.

(필사적으로) 그래도 안 그치면?

할 수 없지. 침대로 데리고 와.

우리가 침대 밑에 아기를 내려놓고 놀아줄게.


이 이야기를 전해 들은 친정 엄마는 이렇게 말씀하셨다.


얘, 너 너무 네 아들한테 목숨 걸지 마라……

걔가 이담에 어떻게 할지 벌써부터 훤하다.


누가 보아도 현송이는 사랑스러운 아이다. 억지를 부리거나, 욕심을 내거나 하는 법이 없다. 늘 웃는 얼굴에, 밥 먹다 말고 뜬금없이 일어나서 "엄마, 나 중빈이랑 결혼할래!"를 외친다. 그 현송이가 지난 토요일 집으로 놀러 왔다. 현송이가 오기로 한 날, 남편이 기차를 좋아하는 아이를 떠본다.


중빈아, 아빠랑 KTX 타러 갈래?

아니. 현송이가 오기로 했어.

그럼 장난감 기차 사러 갈까?

현송이가 온다니까.


중빈이 내 귀에 대고 속삭인다.

엄마, 나 그런데…… 현송이랑 뽀뽀했다.

어디다? 입에, 아니면 뺨에?

입에.

언제?

아무도 안 볼 때.

푸하하! 몇 번?

한 열 번?


공동육아 어린이집에 드나드는 사람들은 다 안다. 아이들의 일거수일투족이 어른들의 화젯거리가 되는 그 북적거리는 곳에서 아무의 눈에도 안 띄고 열 번이나 입에 뽀뽀를 한다는 것은 거의 불가능하다는 것을. 그 불가능한 것을 어리숙한 줄만 알았던 요 다섯 살 꼬마들이 숨어서 하고 있는 것이다.

이 말을 전해 들은 현송 아빠가 말한다.

아, 글쎄…… 그 말을 듣고 나니까 생각이 나는 거예요. 현송이가, 원래 제 뺨에만 뽀뽀를 하고 입에는 통 안 하거든요. 그런데, 얼마 전부터 제 귀를 두 손으로 딱~ 잡고 입에 떡~ 뽀뽀를 하는 거예요. 웬일인가 싶었는데…… 그러니까, 저는 마루타였던 거죠!

현송과 중빈은 좋아하는 놀이도 각각 다르다. 현송은 소꿉놀이를, 중빈은 기차놀이를 좋아한다. 그래도 둘이는 너무나 잘 논다. 중빈이 기차놀

이를 하고 있으면, 현송이가 소꿉놀이를 하다 말고 말간 눈빛으로 중빈을
바라보고 있다.

중빈 아빠, 이리 좀 와보세요.
왜?
중빈이 너무 멋있지 않아요?

아이들이 방에서 놀고 있는 걸 보고 방으로 들어왔다. 침대에 누워 책
을 펼치니, 역시나 스르르 잠이 온다. 잠결에 현송이가 나를 찾는 소리가
들린다.

달님~ 달님~ (달님은 어린이집에서 사용하는 내 별명이다)
우리 엄마 지금 자.

달님이 자니까, 난 좀 무서워. 달님이 일어났으면 좋겠어.
걱정하지 마. 내가 있잖아. 내가 널 보살펴줄게. 응?
(생일 느린) 네가 조금 동생이잖아. 난 조금 오빠고.
그러니까 내가 잘 보살펴줄게. 어때, 안 무섭지?
응~!


간식시간이다. 내가 가운데 앉아서 딸기를 잘라 그릇 속에 넣어주는데, 실수로 상 위에 떨어뜨리기라도 하면, 둘이는 서둘러 집어서 서로의 그릇에 넣어준다.


현송아, 이건 너 먹어.
아냐, 중빈아. 네가 많이 먹어.


음식을 자기 입에만 넣으려 하는 곳이 지옥이고 서로 먹여주는 곳이 천국이라더니, 이곳은 분명 닭살천국이다. 나는 천국에 사는 닭살스런 천사들에게 묻는다.


너희 정말 결혼할 거니?
(동시에) 응!!
결혼하면 아기도 낳을 거니?
(동시에) 응!!
몇 명 낳을 건데?

현송이가 신중히 생각한 뒤 대답한다.



중빈은 생각할 것도 없다는 듯 대답한다.



미끄럼틀을 탄다. 서로 먼저 타겠다고 다투는 법도 없다. 다투기는커녕, 먼저 올라가던 중빈이 뒤에 오는 현송이 손가락이라도 살짝 밟을라치면,



미끄럼틀에서 오버하던 중빈, 크게 넘어져 바닥에 머리를 찧었다. 무척 아팠는지, 내 품에 안겨 한참 운다. 마침내 울음을 그친 중빈이 하는 첫마디.



마지막으로 놀이를 끝내고 장난감을 정리하는 시간이 되었다. 현송이는 약속대로 블록을 바구니에 집어넣는데, 중빈은 자꾸 딴청을 피운다. 정리 안 하는 유전자는 애 어른 할 것 없이 우리 집 남자들의 DNA 속에 자

리 잡고 있는 것 같다. 나는 이 유전자가 징글징글한데, 사랑에 빠진 현송은 이 DNA마저 싫지 않은가 보다.



오늘 아침, 두 녀석이 또 어린이집에서 만났다. 어린이집에 안 가겠다던 중빈, 현송일 보자마자 언제 그랬냐는 듯 냉큼 신발을 벗고 내게 입을 맞추며 말한다.



터전을 나서며 뒤돌아보니, 둘이는 서로 손을 꼭 그러잡고, 하는 일도 없이 마냥 마주보며 샐샐 웃는다. 뭐가 저리 좋을까? 요즘 현송과 중빈의 모습은 보는 이들마다 미소를 짓게 한다. 부럽다. 샘난다. 그리고 그립다. 내게도 저런 시절이 있었으니…….

나는 터전을 나서며 생각했다. 두 녀석 언제까지나 저렇게 예뻤으면 좋겠다고. 이다음에 내게 와서 아기를 맡기고 잠을 자러 가도 좋고, 세 쌍둥이를 맡기고 저희들끼리 히히덕거려도 좋으니, 언제까지나 건강하고 맑게 지금처럼 웃는 얼굴이면 좋겠다고.

# 여섯 살 형아의
## 뽀뽀

잠이 덜 깬 두 부자가 모처럼 일찍 일어나 나란히 밥상머리에 앉았다. 화제는 중빈이 올 초 새로 입학한 유치원에서 사귄 여자친구. 둘이는 이미 장래 결혼계획까지 세워놓은 상태다. 듣자하니, 예쁘게 생긴 은세랑 친하게 지내고 싶은 남자아이들이 꽤 많은 모양이다. 그 아이들이 집에 가서 이렇게 불평한단다.

은세 옆엔 항상 중빈이가 있어, 씨이~!

이에 대한 남편의 흡족한 총평은 이렇다.

짜식, 날 닮아 역시 CC에 강해.

남편과 나는 캠퍼스 커플Campus Couple이었다. 내가 우리 반에서 홍일점이었음에도.

어제 공원에서도 처음 보는 귀여운 여자아이가 "오빠가 좋아요" 하며 중빈에게 과자봉지를 하나 들고 왔었다. 나 외의 다른 여자와 이렇다 할 데이트조차 못 해보고 결혼한 남편은 중빈의 여성편력에서 대리만족을 느끼는 모양이다. 공원에서 만난 여자아이 이야기를 했더니, 껄껄 웃는다.

잘 한다, 우리 아들! 네가 이 아빠의 한을 풀어라!

남편은 집요하게 묻는다.

중빈아, 너 은세랑 뽀뽀 해봤냐?
아니.
왜? 너 옛날에 공동육아 다닐 때는 현송이랑 맨날 뽀뽀했잖아.
그때는 사람들이 안 보는 데가 있었잖아. 뒷방.
그럼 지금은 사람들이 보니까 안 하는 거야?
응.
하고는 싶은데?
응.
저번에 은세네 차고에서 둘이만 자전거 탔다며. 그때 하지 그랬어. 아무도 없었을 텐데.

그다음 대답이 남편과 나를 밥상 옆으로 넘어뜨린다.

아빠, 차고에는 에코(메아리)가 있잖아. 소리가 크게 들려.

다시 일어나 앉은 나.

애가 대체 얼마나 쩝쩝거리려고 메아리까지 걱정을 해.

아이가 뽀뽀하는 시늉을 해보인다.

엄마, 이것 봐.' 뽑!' '뽑!' 소리가 나지? 그러니까 차고에서는 안 돼.
그럼 어디가 되는데?
음…… 내가 현송이랑 뽀뽀했을 때는 다섯 살 아가였잖아.
지금은 여섯 살 형아고. 여섯 살 형아가 뽀뽀하기는 좀 창피해.
그럼, 이제 계속 계속 안 할 거야? 아홉 살, 열 살…… 어른 되어도?
어른 되면 할 거야. 결혼할 때는 해줘야지. 그리고 짝짓기 할 때도.

얼마 전에는 사람들이 있는 공공장소에서 자신에게 뽀뽀하지 말 것을 선언하여 내 가슴을 찢어놓더니만……. 결국, 하나뿐인 아들이 몰래몰래 숨어 뽀뽀하는 귀여운 광경은 이렇게 목격하지도 못 한 채 마감이 되는가 보다.

아 까 운  나 날 들,  참 빨 리 도  지 나 간 다.

# 화요일
# 목요일

화요일을 사랑하지 않을 수 없다.

중빈이가 시준이네 가서 저녁 늦게까지 놀다 오는 날이기 때문이다.

나는야, 자유~

목요일도 사랑하지 않을 수 없다.

시준이가 우리 집에 와서 저녁 늦게까지 놀다 가는 날인 까닭이다.

두 녀석이 모여 만들어내는 엉뚱한 짓거리는 연신 웃음을 짓게 한다.

이를테면, 어느 목요일 두 녀석을 앉혀놓고 사과를 깎는 내게 중빈 왈,

엄마, 왜 사과 가운데는 안 먹고 잘라내?
그야, 씨 발라내느라 그러지.
어, 근데 아줌마 왜 나한테 욕해요?

대화는 항상 이런 식으로 진행된다. 절대 결론에 도달하지 못하는 채
로. 이 두 여섯 살 꼬마는 요즘 한창 축구에 필이 꽂혔다. 축구를 하러 가

는 십 분 동안 한 세 번은 다투는 것 같다.

　야, 박시준! 왜 너만 공을 들고 가냐?!
　야, 오중빈! 그럼 너만 들고 가냐?!

재활용통에서 주워온 축구공, 임자 잘 만나 인기 만점이다. 그러나 녀석들은 세 번 다투고 나면 반드시 또 세 번 화해한다. 시키지 않아도. 계속 화를 내기에는 둘이 함께하는 시간이 마냥 즐겁고 아까운 모양이다.

　아줌마, 우리 봐봐요. 인제 둘이 같이 들기로 했어요!

어느새 둘이서 사이좋게 공을 나눠 들고 있다.

　차 온다! 피해!!!

둘이는 자동차가 고질라라도 되는 양 과장되게 담벼락에 들러붙어 지나갈 때를 기다린다. 그리고 스스로 조성한 긴장감이 매우 만족스러운지 마주 바라보며 낄낄거린다. 둘이 함께하는 동안, 모든 액션은 오버가 되고 모든 어휘는 전쟁과 관련이 있다. ‘부수’거나, ‘박살’내거나, ‘산산조각’나거나, ‘죽’는다.

자하문 아래, 우리의 축구장이 있다. 고색창연한 이곳에서 축구만 하기에는 좀 과분하지만, 어쨌든 축구 시작. 킥도 시준이가 더 세고 몸도 더 잰데, 그만 숫자에 약하다는 결정적인 약점 때문에 항상 스코어를 유리하게 매기는 중빈이가 이긴다. 녀석들, 내년쯤 되면 제대로 된 경기를 진행할 수 있으려나?

전후반 막간 보너스. 이름 하여 '육체미' 시합. 둘 다 숨을 들이켜고 있는 대로 몸에 힘을 준다. 이때 내가 반드시 근육을 고루 만져 누가 더 단단한지 평가를 해줘야만 숨을 내쉬며 힘을 뺀다. 얼마나 미련스레 숨을 들이켜는지, 최대한 서둘러야 두 녀석 모두 질식의 위험이 없다.

집으로 돌아오는 길.

야, 오중빈! 너는 왜 공을 나만 들라고 그러냐?
야, 박시준! 그럼 넌 왜 나만 들라고 그러냐?

으이구, 아무리 화장실 갈 때와 올 때가 다르다지만.

'신나게 뛰어노는 것'을 아이 최고의 본분으로 여기는 나이건만, 부암동으로 이사 와서 공동육아를 그만둔 뒤로 중빈인 좀 외로웠다. 노후한 동네라 아이들이 많지 않은데다, 그나마 동네에 몇 있는 아이들은 각자 학업에 바빴던 탓이다. 하여 유치원 선생님께 부탁을 드렸다. "먹이고 씻기고 놀아주고 원한다면 재워도 줄 테니 우리 집에 와 함께 놀 아이 좀 연결해주세요." 며칠 뒤, 선생님은 학급 최고의 까불이 시준이를 소개해주셨다. 늦게 본 아들이라 느긋한 부모 밑에서 학원 한 군데 다니지 않고 밤이면 열심히 맞아주는 아빠를 둔 덕에 싸움놀이에도 고수……. 중빈과 환상의 커플이었다.

그렇게 한두 번 오가던 차에, 시준이 엄마와 만나 아예 화요일, 목요일 두 날을 잡았다. 아이들 공부시키느라 바쁜 요즘 같은 세상에 놀러 오게 해주니 고맙고, 또 초대해주니 고마울 뿐이다. 화요일이 되면 아이는 아침부터 "시준이네 가는 날이다!" 노래를 하고, 나는 나대로 알차게 놀 궁리를 한다. 목요일이 되면 입이 귀밑까지 찢어진 시준이가 유치원 버스에서 같이 내리고, 우리의 희한한 대화는 다시 결론에 도달하지 못한 채 저녁 늦게까지 제자리를 맴돈다.

알콩달콩 다투고 사랑하는 두 녀석을 보면서 나는 아이가 태어난 다음 날부터 했던 그 말, 아직도 한다.

에고, 더 안 크고 딱 고만했음 좋겠다……

# 연애,
## 그 지난한 마음의 단련

다연이는 중빈이를 좋아한다. 어느 날 깨끗하게 다림질한 하얀 셔츠를 입혀 유치원에 보냈더니, 그날 중빈은 돌아와 말했다.

오늘 얼마나 챙피했는 줄 알아? 이다연이 밥 먹는데
"얘들아, 중빈이 좀 봐. 꼭 왕자님 같지 않니?" 하는 거야.
푸하하! 그래서 넌 뭐라고 그랬는데?
두 손으로 얼굴을 가리고 옆으로 쓰러졌어.

중빈도 그런 다연이의 적극 공세가 싫지 않은 눈치다. 어느 날 유치원에 갔더니, 한 여자아이가 먼 데서부터 나를 보고 웃고 있다. 아무 놀이도 하지 않고 오직 나와 눈이 마주칠 때를 기다리며 생글생글 웃는데 묻지 않아도 그 아이가 다연인 줄 알 수 있었다. 중빈이 좋으니 유치원으로 찾아온 중빈이 엄마도 무조건 좋은 것이다. 그때 중빈이 다가와 속삭인다.

엄마, 쟤가 다연이야. 우리 반에서 제일 예쁘지?

흠흠…… 사실 '제일' 예쁘다고 하기엔 좀 무리가 있었다. 다연이 바로 옆에는 마침 조막만 한 얼굴에 커다란 쌍꺼풀을 지닌 아역배우 같은 여자아이가 길다란 속눈썹을 휘날리며 나란히 앉아 있었던 것이다.

으응…… 귀엽네.

중빈은 내 답이 맘에 들지 않았다.

다시 잘 봐봐. 다연이가 어제 넘어져서 얼굴에 작은 상처가 나서 그래. 그게 없을 땐 정말 예뻤어.

중빈은 사내아이들이 대부분 그러하듯 유치원에서 있었던 이야기를 돌아와 잘 전하지 않는 편이다. 하지만 잠자리에 누웠을 때 이것저것 물으면 조금이라도 늦게 자기 위해 고분고분 묻지도 않은 말들까지 술술 내뱉는다. 그날 밤도 아이는 불을 끄겠다고 하자 "잠깐만!" 하더니 이야기보따리를 풀었다.

엄마, 나랑 결혼하겠다는 여자애들이 몇 명인 줄 알아?
다연이 말고 또 있어?
응. A도 있고 B도 있어. 내가 햇님 버스에 타고 있을 때
달님 버스에서 이다연이랑 A랑 B랑 다 같이 소리쳤어.

"오중빈~!! 우린 너랑 결혼할 거야~!!!" 하고.
한꺼번에 셋이나?
응, 이제 나는 이담에 세 명이랑 다~ 결혼하는 거야!

야심차게 선언하는 녀석의 얼굴을 보니, 자신이 생각해도 스스로가
대견한 듯 콧구멍이 한 평쯤 힘차게 벌어져 있다.

우와~ 중빈, 그럼 너 무슬림으로 개종해야겠구나.
그래서 넌 뭐라고 대답했는데?
손으로 얼굴을 가리고 엎드렸지. 너무 부끄러워서.
아이, 참. 그럴 때 자꾸 엎드리면 어떡해. 시준이는 은세한테
"야, 이은세! 너 나랑 사귈래?" 그랬다는데 너는 여자애들이
그렇게 들이대는데도 관리를 너무 못하는 거 아냐?
그럼 어떻게 해?
그럴 땐 "고마워. 나도 너희들이 좋아" 한 다음,
차례로 전화번호를 적어야지.

아이는 한참 생각하더니 고개를 *끄덕끄덕*한다.

전화번호를 적는 건 괜찮은 생각인데.
집에 와서도 애들이랑 얘기할 수 있고.
그럼. 그러다 만날 약속도 정하고 데이트도 하고 그러는 거지.
데이트??? 아휴~ 엄마는…… 내가 이렇게 어린데

어떻게 데이트를 해?


이성異性에 대한 이야기를 할 때면, 나는 늘 비이성理性적으로 대화한다. 이 녀석 너무 신중하게 이것저것 재려 드니, 나라도 한 술 더 떠 오버할 수밖에. 이성異性 간의 이야기는 언제나 이성理性이 통용되지 않는 분야이기도 하거니와, 더구나 일곱 살의 사랑 얘기는 오버하기 딱 좋은 재미난 소재가 아니던가.


어떻게 하긴? 문방구 앞에서 만나서 풍선 한 번 불고

헤어지고 그러는 거지.

아무리 어려도 데이트는 할 수 있어. 다연이가 사랑 고백은 했니?

음. 저번에 블록놀이 하다 말고 나를 아무도 없는 구석으로

데려가더니 내 귀에 대고 "오중빈, 사랑해" 하는 거야.

그래서? 그래서? 너는 어떡했어?

…… 난 가만있었어.

이러어언~~~!!!!! 그냥 가만히 있으면 어떡해?

그럴 땐 "나도!" 하고 뺨에 뽀뽀라도 박력 있게 한 번 해줘야지.

나도 뭐라고 말하긴 했어. 나중에. 다연이 하고 A하고 B한테.

뭐라고?

"우리 엄마 생일에 너네들 다 초대할게!" 하고.

뭐??? 내 생일에? 왜?

생일잔치에 초대하고 싶은데, 내 생일은 아직 멀었으니까.

엄마 생일은 조금만 있으면 되잖아.

참 희한하게도 엮는다. 그럼 나보고 내 생일날 자기 여자친구들 상을 차리라는 것 아닌가? 나는 왜 엄마 생일에 여자친구를 무더기로 초대하는 것이 부적절한지에 대해 한참 설명했으나, 중빈은 아무래도 '생일잔치'라는 좋은 기회에 여자친구를 부르지 않고 넘어가는 것이 아쉬운 듯했다. 짜식, 속으론 이렇게 걔네들이 좋으면서 표현을 못 한단 말이지? 나는 일단 "걔네들 초대는 네 생일날 하기로 하자" 하고 미룬 뒤 대신 구체적인 작업 지시에 들어갔다.

너 다연이가 너한테 쓴 카드에 답장도 한 번 안 했지?
원래 여자는 열심히 편지도 쓰고 선물도 주고 전화도 하고 그래야
자기를 좋아한다는 걸 아는 거야. 그렇게 무반응이어서야
다연이가 스무 살 때까지 너 기다렸다 결혼해주겠니?
왜, 왜…… 안 기다려?
원래 반이 바뀌면 좋아하는 남자도 바뀌는 거야.
1학년 때 좋아하는 남자, 2학년 때 좋아하는 남자가
다 다른 거야. 한참 클 때까지는 그렇게 반이 바뀔 때마다
곁에 있는 여러 사람을 좋아해보다가 정말로 자기에게
맞는 사람을 알게 되는 거야. 엄마도 그랬거든.

아이는 "엄마도 그랬다"는 부분에서 사태의 심각성을 깨달았다.

그럼…… 나도 이제 카드에 답장을 해야겠다.
그래. 하트도 그리고 빨간 칠도 해.

나는 아이에게 이불을 덮어주었다.



이제 자자. 그런데 말야, 중빈아.
엄마는 네가 이렇게 유치원에서 있었던 이야기를 해주면 참 좋다.
네가 다른 아이들과 어떻게 지내는지도 알 수 있고,
다른 아이들이 너를 어떻게 생각하는지도 알 수 있고.
엄마가 유치원에 가서 같이 생활할 수는 없잖아.
그러니 서로를 더 잘 알기 위해 이런 얘기를
자주자주 나눴으면 좋겠어.
엄마도 네가 유치원에 가고 없는 동안 있었던 일들을
더 얘기하도록 노력해볼게.
알았어. 내가 내일 다연이한테 카드를 주고 어떻게 됐는지
또 얘기해줄게.
그래, 고마워. 자, 뽀뽀~ 인제 엄마 불 끈다.

다음 날 중빈은 카드 대신 밥 먹고 있는 다연이 귀에 대고 "다연아, 사
랑해~" 하고 속삭였다고 한다. 다연이는 얼굴이 빨개진 채로 아무 말도
못하더니 그만 목에 음식이라도 걸렸는지 한참을 콜록거렸다고 했다. 그리
고 또 그다음 날, 중빈은 아주 조그만 연애편지를 받아왔다.

엄마, 오늘 다연이가 이걸 줬어. 알약캡슐 있잖아.
그 안에다가 아주아주 작게 접어넣어서 줬어.

작은 종잇조각엔 '오중빈, 사랑해'라고 씌어 있었다. 기가 막혀. 알약 캡슐? 요즘 일곱 살짜리들이 이렇게 로맨틱하단 말인가? 아니면, 중빈이 타고난 연애쟁이에게 제대로 걸려들었단 말인가? 이 방면으론 그저 고지 식하고 어리바리할 뿐인 중빈의 소감이 더 가관이었다.

그런데 있잖아. 다연이는 아직 글씨를 잘 못 쓰나봐.
나는 이 편지를 받고도 도대체 무슨 뜻인 줄 몰라서
삼십 분이나 들여다봤어.
처음엔 수백 개의 작대기가 비처럼 춤을 추는 줄 알았어.

그래도 중빈은 기쁜 듯, 그 쪽지를 몇 번이고 들여다보았다. 거울 앞에서 쪽지를 들여다보다 말고 엉덩이춤을 추기도 하면서.

다시 며칠 뒤, 안타깝게도 다연이가 타고난 연애쟁이임이 입증되었다. 중빈의 마음을 확인한 뒤, 그럼 다 되었다는 듯 곧바로 중빈과 가장 친한 친구에게 "이제는 너와 결혼할 거야" 하고 말했던 것이다. 중빈은 아주 우울한 얼굴로 유치원에서 돌아왔다. 자신이 하트를 그린 카드를 주었더니 다연이가 신경질을 내며 그 자리에서 구겨버렸다는 것이다.

다연이가 마음이 바뀌었나봐. 왜 그런지 알 수가 없어……

그리고 또 그다음 날, 다연이는 중빈과 두 번째로 친한 친구 S에게 가서 "이제는 너와 결혼할 거야" 하고 말했다고 한다. 중빈은 나름 이유를 찾아내 도저히 이해할 수 없는 이 상황을 이해해보려 애쓰는 듯했다. 어젯밤 내 팔을 베고 누워 깜깜한 어둠 속에서 우수 어린(!) 목소리로 이렇게 말하는 것이다.

생각해보면, S와 다연이는 여섯 살 때부터도 아주 친했어.
둘이서 맨날 종이접기를 같이 했고 S가 접은 걸 잘 선물하거든.
그럼 다연이가 웃었어.


신나게 내일을 꿈꾸며 잠자리에 들어야 할 일곱 살 아이가 잠들기 전 우수 어린 목소리로 파경의 이유를 분석해대니, 솔직히 어미로서 슬쩍 울화가 치밀어 올랐다.

다연이 참 이상하네. 우리 멋진 중빈이 어디가 어때서
맘을 바꿨을까?
……
다연이 말고 요즘 너 좋다는 여자친구 또 없어?
B가 좀 그런 거 같아. 그리기 영역에서 선생님이
"자, 이제 정리하자" 그러면
제대로 바구니에 정리 안 하고 머리 위에 사인펜을 올려놔.
그리고 자꾸 나한테 와서 웃어.

흣. B의 접근방식은 좀 단수가 낮은 것이 마음이 놓인다. 타고난 연애쟁이는 아니란 말이지.

B랑 사귀어 보는 건 어때?
그건 좀…… 그래. B는 다연이와 가장 친한 친구야.
내가 B랑 사귀는 걸 다연이가 알면 좀 챙피하기도 하고
다연이가 안 좋아할 것 같기도 해.

으이구, 답답한 녀석. 다연이는 저랑 가장 친한 친구만 골라 순서대로 결혼하자고 들이대는데 아직도 그런 걱정을…….

너, 지금도 다연이 좋아하는구나.
……

어둠 속에서 대답 대신 아이가 침을 꼴딱 삼키는 소리만이 들린다. 그래. 아무리 하찮아 보이는 연애에도 치유의 시간은 필요한 법이지. 그래도 엄마는 네가 바로바로 마음을 옮기는 사람이기보다, 마음이 옮겨가고 난 빈자리를 혼자 남아 쓰다듬을 줄 아는 사람이어서 조금은 안도가 되는구나.

그런데 중빈아. 이거 알아?
뭐?
네가 팔에 근육을 만들려면 여러 가지 운동을 하지?
매달리기도 하고 팔굽혀펴기도 하고 샌드백을 치기도 하고.

응.

수백 번 운동을 해야 근육이 조금 단단하게 자랄까 말까 하지?

응.

마음 근육도 마찬가지야. 수백 명의 사람이 맘속에

들어왔다 나갔다 해야 맘 근육이 조금씩 단단해지는 거란다.

자꾸 단련이 되어야 단단하고 튼튼한 마음을 가지게 돼.

다연이도, 너도 마찬가지야.

지금도, 앞으로도 많은 사람을 만나고 많이 사랑하고

많이 이별하고 그러다 보면 어른이 되었을 때

정말로 큰 사랑을 할 수 있는

크고 건강한 마음을 가지게 되는 거야.

그러니 다연이 일로 너무 오래 슬퍼하지 않았으면 좋겠어.

……

엄마 말 이해할 수 있어?

응.


약간은 위로가 되었는지, 아니면 약간의 위로가 필요한 건지 아이가
내 쪽으로 몸을 돌려 목을 꼭 끌어안는다. 목에 코를 대고 킁킁 엄마 냄새
를 맡더니 손으로는 슬쩍 쭈쭈를 더듬는다. 손으로는 엄마 가슴을 더듬으
며 맘으로는 실연의 상처를 달래는 일곱 살 아이의 뇌 구조는 대체 어떻게
생긴 것일까. 그런 생각을 하며, 설핏 미소 지으며, 아이보다 먼저 잠이 들
었던 것 같다.

# 딱 붙어서
# 애기 만들기

응가를 하는 중빈.

변비가 있는 녀석이 힘들어 하며, 날 보고 앞에 와 앉아 있으란다. 네 살짜리 꼬맹이가 "똥꼬 아파……" 울상 짓는 걸 마주보고 있노라면 고통을 대신 해줄 수 없는 미안함에 내 눈길이 깊어지는가보다.

　녀석도 이를 아는지 똑바로, 오랫동안, 찐하게, 날 바라본다. 묘한 분위기다. 눈빛만으로라면, 영화에선 이럴 때 크리스마스 캐럴이 흐르고 폭죽이 터지며 흰 눈이 내린다. 하지만 두 모자가 찍는 현실의 영화에서는 똥 나오기 직전의 압박감을 못 이긴 방귀만 폭죽 대신 터진다.

　오호, 그리고 냄새.
　그래도 녀석, 대사만큼은 눈빛에 걸맞게 제대로 친다.

엄마, 사랑해.

난산 끝에 응가가 나왔다. 도깨비방망이처럼 크고 굵은 것 한 덩이가 떨어지면서 기역자로 두 조각이 되었다. 하나는 좀 크고 하나는 좀 작게.

엄마, 이건(큰 것) 아빠 응가고 이건(작은 것) 엄마 응가야.

그럼 애기 응가는 어딨어? 물으려는 찰나,

둘이 딱 붙어서 애기 만드는 거야.

철렁, 남들이 들으면 오해하기 딱 좋은 멘트다.

중빈이 '딱 붙어서' 애기 만드는 건 어떻게 알았어?
옛날에 나비가 애기 만드는 것 봤어.

휴우~ 요 맹랑한 녀석!

내가 현송이랑 뽀뽀했을 때는
다섯 살 아가였잖아.
지금은 여섯 살 형아고.
여섯 살 형아가 뽀뽀하기는

좀 창피해.

# 성교육?
# 성교육!

부암동 뒷골목을 타고 북악산 자락을 오르면 물 좋고 나무 좋은 백사실 계곡이 나온다. 얼마 전 백사실 계곡의 올챙이가 뒷다리를 내밀었다. 다시 얼마 후 앞다리를 내밀었다. 오늘은 최초로 뭍에 오르는 개구리를 보았다.

수십 번 물 밑에서 오르고 떨어지고를 반복한 끝에, 마침내 그것은 물 위로 고개를 내밀고 어기적어기적 바위에 올랐다. 그리고 지상의 모든 자극을 고요히 들이마시며 미동도 하지 않았다. 고작 1센티미터도 채 되지 않는 초미니 개구리는 얼굴을 높이 쳐든 그 자세 그대로 존엄하였다.

일곱 살 중빈은 지켜보는 내내 숨을 삼켰다. 생명의 신비로움에 대해 질문이 생겼겠지. 저녁을 먹는데 집중공격이다.

엄마, 정자는 고추에서 나오지?

응.

그런데 어떻게 여자한테 줘? 흘리지 않고?

흘리지 않고 주려고 고추가 그렇게 생긴 거야. 나비들도 봐.

짝짓기 할 때 수컷 꽁지에서 빨대같이 긴 게 쑤욱 나와서
암컷 몸속에 쏘옥 넣어주잖아.

그럼 남자는 여자 어디다 넣어줘?

자리가 다 있지. 너는 고추랑 똥꼬랑 밑에 두 개가 있지?

응.

여자는 오줌 나오는 곳이랑 똥꼬 사이에 하나가 더 있어.

바로 애기집 문이야. 자궁 알지? 그 애기집으로 들어가는

문이 있는 거지. 애기집 문으로 정자가 들어가서 임신이 되면

나중에 애기가 다시 그리로 나오는 거야.

엄마, 그런데…… 짝짓기 할 때 난 창피할 거 같아.

왜?

사람들 수백 명이 보는데 고추를 내놔야 하잖아.

푸하하…… 사람들이 보는 데서 왜 해?

그렇게 중요하고 사랑스런 행위는 둘이 방에 들어가서

조용히 하는 거야.

옷을 다 벗고?

뭐…… 꼭…… (더듬더듬) 다 벗을 필요는 없지.

하지만 다 벗으면 좀 편하겠지?

아빠는 다 벗었어?

음…… 그것이…… 너무 오래전 일이라…… 다 벗은 거 같은데?

엄마도?

흠흠…… 그랬겠지. 기왕에 하는 거 간편하게……

애기를 잘 만들어야 하지 않겠어?

그런데…… 난 그 여자 앞에서 창피할 거 같은데?

아냐, 그렇지 않을걸. 네가 엄마 앞에서 고추를 내놔도

하나도 창피하지 않지?

(마침 녀석은 응가를 하고 고추를 딸랑거리는 채로 돌아다니고 있었다.)

그건 우리가 굉장히 친밀하고 서로 사랑하기 때문이야.

너도 사랑하는 여자를 만나면 옷 벗는 것쯤은 아무렇지도 않을걸.

응. (끄덕끄덕 그리고 약간 수줍은 웃음)

그런데 엄마?

응? (아직도 질문이 남았단 말인가? 긴장)

정자는 나올 때 어떻게 나와? 수억 마리가 나온다면서?

하루 종일 나오는 거 아냐?

푸하하…… 아니야. 정자는 너무 작아서 수억 마리가 나와도
요만큼밖에 안 돼.
정자는 꼭 아주아주 작은 올챙이처럼 생겼거든.
현미경으로 봐야만 보일 만큼 작거든. 너도 알지?
일등 한 정자만 난자를 만날 수 있는 거. 그러니까 나올 때
로켓 발사할 때처럼 한꺼번에 수억 마리가 슈웅~ 나와서
꼬리를 흔들면서 달리기를 하는 거야.
네가 지금 만지고 있는 씨주머니에서 준비! 하고 있다가
땅! 하면 달리는 거지.
지금 여기 수억 마리가 있다구?!
아니, 아직은 아냐. 씨주머니도 중빈이랑 함께 커야 해.
중빈이가 아빠가 되려면 어른이 되어야 하고,
그동안 씨주머니도 성숙해서 정자를 만들 수 있게 되는 거야.
하지만…… 엄마. 난 걱정 돼.
뭐가?
내가 정자를 주려고 하는데 오줌이 나오면 어떡해?
그럼 그 여자는 어떡해?
크하하…… 걱정 마. 그 둘은 함께 나올 수 없게 돼 있어.
중빈이 머릿속의 뇌가 고추한테 다 일러줘.
지금이 오줌을 내보낼 땐지, 정자를 내보낼 땐지.
중빈이가 원하는 대로 뇌가 알아서 도와줄 거야.
흠…… 그렇구나. (약간 안심이 되는 얼굴)

나는 5학년 때 '그 사실'을 알았다. 임신에 관여하는 신체부위에 대해서. 언니와 오빠의 음담패설을 통해서였다. 충격에 잠을 이룰 수 없었다. 첫 번째 생각은 '왜 하필이면 그걸로……' 하는 '더럽다'였고, 두 번째 생각은 '엄마 아빠가 나를 그렇게……' 하는 '혐오스럽다'였다. 그 더럽다와 혐오스럽다를 지워줄 만한 사후설명은 물론, 이후에 뒤따르지 못했다.

제대로 성교육을 받지 못한 사람들은 성에 대해 양면적이다. 성의 해방과 자유를 외치는 '지적인' 양지가 있고, 성의 동물성을 무의식적으로 거부하는 '감각적인' 음지가 있다. 그 양면적인 세대의 일원인 나는 아이가 성에 대해 너무나 담담히 받아들일 때마다 신기하기만 하다. 이 아이에겐 '성에 대한 어떤 것'이 '첨부터 알고 있는 어떤 것'이다. 첨부터 고추에선 오줌과 정자가 함께 나온다는 것을 알았다. 엄마 아빠가 짝짓기를 해서 자신을 낳았다는 것을 알았다. 나이를 하나씩 먹어감에 따라, 전혀 모르던 새로운 소식을 접한다기보다 디테일만을 더한다. 디테일에는 충격이나 혐오가 없는 법이다.

누군가 수다를 떨던 중 내게 물었다.

거긴 그 아들 이담에 커서 여자랑 잘 나이 되면 어떡할 건가?

대답이 나오는 데는 1초도 걸리지 않았다.

난 남 몰래 숨어서 여자 엉덩이에 흙 묻혀가며 하는 꼴 못 봐.
원룸 키 하나 던져주고 가끔 가 콘돔 잘 없어지고 있나만 검사할 거야.

# 유아의
# 유머감각

운전을 하고 있었다. 뒷좌석에 앉은 일곱 살 중빈과 여섯 살 사촌 리온, 안전벨트를 메고 가만히 있자니 온몸이 근질근질해졌을 것이다. 중빈이 먼저 시작한다.

똥꼬에 지렁일 넣고 흔들어 마구 흔들어
끙 하고 힘주면 지렁이 설사 쫘악~

리온이 화답한다.

똥꼬에 뱀을 넣고 흔들어 마구 흔들어
끙 하고 힘주면 뱀 설사 쫘악~

내 차례다.

어른이 함께 까불어주면 아이들은 늘 기대 이상으로 자지러진다. 내가 어딜 가 이렇게 유치한 말을 되는 대로 지껄여주면 이토록 환호를 받을까. 깔깔깔 넘어가던 아이들이 이내 수위를 높인다.



아이들은 성기와 항문에 얽힌 이야기를 좋아한다. 소중한 자신들 몸의 일부이니 애착이 가는 소재인데다, 더러운 배설물이 쏟아져나오니 갖다 붙이기만 해도 우스갯소리의 '요건'이 구성된다고 생각하는 모양이다. 대소변을 배설하며 쾌감을 느끼듯이, 언어로 쏟아내는 배설의 쾌감 또한 만만치 않다는 것을 '똥꼬, 똥' 운운할 때 아이들의 표정을 보면 쉽게 알 수 있다.

아이를 키워보니 다 잠깐이다. 코딱지를 파먹는 건 3년이었고, 똥 닦아주는 건 5년이었다. 사람들이 있거나 말거나 똥꼬나 똥을 말할 수 있는 것도 이제 얼마 남지 않았다. 똥꼬를 말하는 동생 앞에서 "어휴, 창피해!" 할 날이 들이닥칠 것이다. "창피해!" 하는 큰 녀석보다 창피한 줄도 모르고 뻔뻔하게 똥꼬똥꼬 재잘대는 작은 녀석은 얼마나 귀여운가. 생의 초반부, 아주 짧은 시기만 주어졌다 사라지는 '어림'의 특권이다. 그래서 나는 공공

장소가 아니라면 실컷 하게 내버려둔다. 내버려두다 못해, 중간중간 추임새도 넣는다. 추임새를 넣은 지 5분이면 똥꼬에 고추가 들어가고 고추에 엉덩이가 구겨 들어가는 엽기 버전에 도달한다.

유머감각이란 하루아침에 '유머 모음 100선'을 읽고 생겨나는 것이 아니다. 시시껄렁한 일상의 소재가 부단히 황당함과 엮일 때 생겨난다. 발상이 자유로워야 하고 경계를 넘나듦에 거침이 없어야 한다. 아이가 던지는 실없기 짝이 없는 말 한 마디에도 그 유머의 작은 씨앗이 숨어 있다. 날이면 날마다 같은 장소에 숨어 '오늘도 엄마를 깜짝 놀래켜줘야지!' 생각하며 순진하게 숨을 죽이는 그 순간에도 유머의 씨앗이 숨어 있다. 모든 씨앗은 소중하다. 그것이 장차 무엇을 피워낼지 알 수 없는 까닭이다. 어른인 내게는 그저 더는 웃어줄 수 없을 만큼 지겹고 유치한 것이어도, 아이로서는 최선을 다한, 그렇기에 존중받아 마땅한 자그마한 깜냥의 결과물인 것이다.

유머감각이 얼마나 소중한지는 나이가 들수록 뼈저리게 깨닫는다. 수학을 좀 못 해도, 상식이 좀 없어도, 사는 데 별 지장이 없다. 그러나 웃음이 없는 삶은 견디기 힘들다. 더구나 '웃기고자' 하는 것에는 항상 선의가 숨어 있다. 타인에게 기쁨을 주고자 하는 선의. 나는 아이가 높은 자리에서 '당최 웃을 일이 없다' 불평하는 사람이 되기보다는, 낮은 자리에서도 유머감각을 잃지 않는 어른으로 자라주기를 바란다. 자신과 주변인의 행복을 두루두루 살피는 건강한 사람으로. 그래서 아이가 까불기 시작할 때, "아이고, 우리 까불이!" 내가 한 마디 해주는 것은 일종의 칭찬과도 같은 것이다. 아이도 그것을 잘 알고 있어, 그 순간부터 있는 대로 눈알을 굴리고 더 신나게 엉덩이를 씰룩댄다.

어느새 뒷좌석에 앉은 아이들은 단숨에 엽기 버전까지 도달하고서, 조금 순화된 체위(?) 버전으로 이야기를 옮겨갔다.

엄마 엉덩이 한쪽을 리온이가 베고
리온이 엉덩이 한쪽을 내가 베고
엄마 엉덩이 남은 한쪽이랑 내 엉덩이 남은 한쪽을
리온이가 다 베고……

그러다 스스로 불가능한 체위의 모순에 봉착했다. 아이들은 의아한 얼굴로 서로를 바라보았다.

그런데…… 그게 과연 가능할까?

아이들은 종이에 그려봐야 알 것 같다고 했다. 어서 집에 도착해서 그려보고 싶다고 했다. 백미러로 두 아이들을 바라보니, 그 불가능한 체위에 대해 골몰하느라 한순간에 까불이에서 심각한 철학자가 되어 있다. 절로 미소가 지어졌다. 아이들은 '창의력 교실'에서 생각 주머니를 키워가는 것이 아니다. 저 혼자 알아서 생각 주머니를 키워간다. 어른의 눈으로 재단하고 조정하려 들지 않는다면. 잘 한다, 잘 한다, 곁에서 열심히 추임새만 넣어준다면…….

# 영원한 상전

언제나 변비를 달고 사는 중빈. 마지막으로 '큰일'을 본 지 이틀이 되었기에
화장실에 가 앉아보라니까, 무조건 안 마렵단다. 다른 아이들은 때 되면
알아서 잘 먹고 때 되면 알아서 잘 싼다는데, 어찌 우리 아드님께서는 끼니
마다 먹는 것이 힘들고 하루하루 싸는 것이 힘드실까.

중빈아, 이리 와봐.
엄마가 아주 재미있는 얘기 해줄게.
헷~! 신난다. 뭔데?
대신 이 이야기 다 듣고 별 다섯 개면 무조건 가서 응가하기다.
응!!!
어느 날 중빈이가 병원에 갔어.
응가를 참다 참다 똥꼬에 똥이 걸렸는데 너무 커서
나오지 않는 거야. 외과의가 말했어.

음······ 이 똥은 너무 커요.
꼬챙이로 파도 나오지 않겠군요.
관장약을 넣어도 꿈쩍 않겠어요.
아무래도 배를 가르는 수술을 해야 할 것 같은걸요.

중빈이가 말했어.

앗, 수술은 너무 무서워요.

외과의는 중빈이를 안심시켰어.

**걱정 말아요!**
**이곳은 매우 특별한 어린이 병원이랍니다!**

의사는 마취의를 불렀어.
중빈이가 말했어.

앗, 마취 주사는 너무 무서워요.

마취의가 말했어.

**걱정 말아요!**
**이곳은 매우 특별한 어린이 병원이랍니다!**

마취의는 중빈이가 한 번도 본 적이 없는 커~~~다란
솜사탕을 가져왔어.
그리고 그걸 눈 깜짝할 새에 꽁꽁 뭉쳐서 중빈이 입에 넣었어.
입에서 솜사탕이 녹는 동안 중빈이는 자기도 모르게 잠이 들었어.
중빈이가 잠이 들자, 외과의가 수술을 시작했어.

의사는 칼 대신 빨간 크레용을 가지고 왔어.
그리고 중빈이 배에 빨간 문을 그리자 중빈이 배가 저절로 열렸어.
의사는 그리로 손을 쓰윽 넣었어.
그리고 중빈이의 커다란 똥을 움켜쥐었어.
의사가 갑자기 소리를 질렀어.

으악!!! 이 똥은 살아 있어요!!!
으악!!! 살아 움직이는 거대한 똥이에요!!!

의사가 똥을 꺼내자마자 중빈이 배가 스르륵 닫혔어.
그리고 거대한 똥은 의사 손에서 마구 꿈틀거렸어.
의사는 똥을 놓치고 말았어.
똥이 병원 바닥을 굴러 달아나기 시작했어.
의사가 외쳤어.

저 똥을 잡아요!!!

엄마가 소리쳤어.

어머! 이를 어쩌면 좋아요?

의사가 뛰어가며 대답했어.

**걱정 마세요!**
**이곳은 매우 특별한 어린이 병원이니까요!**

참 이상하다. 아이들에게는 '반복'에 대한 그들만의 유머코드가 있는
가보다. "걱정 마세요. 이곳은 매우 특별한 어린이 병원이랍니다"라고 할
때마다 아이가 자지러진다.

병원의 모든 의사와 간호사가 총출동했어.
젖 먹던 힘까지 다해서 똥을 쫓아갔어.
하지만 어찌나 재빨리 굴러가는지 아무도 잡지 못했어.
똥은 병원 밖으로 나와서 차도로 뛰어들었어.
끼이익~!!!
달려오던 덤프트럭이 깜짝 놀라 급정거했어.
쿵~!!
그러자 덤프트럭 뒤에 오던 자동차가 덤프트럭을 들이받았어.
쿵~!!
그 자동차 뒤에 오던 자동차가 또 그 자동차를 들이받았어.

그렇게 쿵! 쿵! 쿵! 쿵! 쿵! 쿵! 쿵! 쿵! 쿵! 쿵!

십중 추돌사고가 났어.


눈을 빛내며 샐샐 조용히 웃던 중빈, 본격적으로 뒤집어지기 시작
한다.


의사와 간호사가 더 크게 외쳤어.


저 똥을 잡아요!!!


더 많은 사람들이 의사와 간호사 뒤를 따랐어.

모두 헐레벌떡 숨을 쉬면서 뛰고 또 뛰었어.

똥은 육교를 발견했어.

그리로 올라가기 시작했어.

띵요~! 띵요~! 띵요~!

한 칸씩 점프해서 올라갔어.

아, 그런데 너무나 열심히 점프한 나머지 땀이 나기 시작했어.

거대하고 딱딱한 똥이 땀이 나면 어떻게 될까?

음…… 물렁물렁해져.

물렁해지면 어떻게 될까?

설사가 돼.

맞아. 마침내 육교 위에 오른 똥은 완전히 녹고 말았어.

육교 위에서 거대한 똥이 녹아버리면 어떻게 될까?

밑으로 흘러.

맞아. 똥은 똥비가 되었어.

다리 밑으로도 떨어지고 계단 밑으로도 흘렀어.

철~철~철~ 아낌없이, 남김없이, 사정없이 내렸어.

차들은 모두 똥차가 되었어.

쫓아오던 사람들도 모두 똥비를 맞았어.

우헤헤~! 더러워~!

똥비를 맞은 의사와 간호사들이 모두 울상이 되어

병원으로 돌아왔어.

엄마가 말했어.


이거 미안해서 어쩌죠?


그러자 의사와 간호사들이 동시에 뭐라고 말했게?


걱정 마세요!!!

이곳은 매우 특별한 어린이 병원이랍니다!!!

하하, 맞아.

끝이야?

응.

우헤헤~! 오늘 건 진짜 재밌다, 진짜 재밌어!

별 몇 개?

다섯 개.

몹시 흡족했는지, 녀석이 훈련 받은 군인처럼 나를 향해 힘차게 거수 경례를 붙인다. 그리고 이야기 속 똥을 흉내내기라도 하듯 데굴데굴 굴러 변기로 간다. 그동안 밥 안 먹을 때마다, 똥 안 쌀 때마다 들려준 이야기들을 굴비처럼 엮으면, 온 천장 가득 이야기 두름이 주렁주렁 매달려 있을 것이다.

아, 나의 영원한 상전.

# 정말로
# 기분 좋은 기습

네 살이 된 아이는 부쩍 '생각'을 하기 시작한다. 저녁 무렵에 갑자기 산책을 나가자더니 묻는다.

엄마, 이제 깜깜해져?
응, 이제 깜깜해져.
왜 깜깜해져?
아침에 해가 뜨면 온 세상에 햇살이 비추지? 그럼 환해지고
저녁에 햇님이 자러 가면, 깜깜해지는 거야.

아이는 고개를 끄덕이고 신발을 신는다.

엄마, 왜 집 안에서는 신발을 안 신어?

신발을 들어 바닥을 보여준다.

아이가 "아~!" 하며 고개를 주억이고, 나는 모자를 쓰고 나갈 준비를 한다.



나는 차마 '오늘 세수를 안 해서'라고는 말 못한다. 그 대신,



여자들에게는 미에 대한 본능적인 추구가 있다. 극단적인 페미니스트들은 다르게 말하겠지만, 아이에게 극단은 바람직하지 못하다. 보편을 알려주고 나중에 크게 자라, 원한다면 스스로 극단을 선택할 기회를 주어야

한다. 아이는 이 지점에서 조금 더 파고든다.

남자들도 화장을 해?
별로 안 해. 소수의 남자들만 화장을 해. 하지만 그건 드문 일이야.
왜 안 해?

아, 어렵다. 나는 다시 버벅댄다.

음…… 좋아, 중빈. 한번 이렇게 말해보자.
엄마와 아빠 중에 누가 더 아름답지?
엄마.
삼촌과 숙모 중에는?
숙모.
맞아. 엄마와 숙모는 여자야. 여자는 남자보다 아름다워.
그리고 여자는 아름다워지는 것에 관심도 더 많아.
하지만 남자는 달라.
남자들은 아름다워지는 것에는 별로 관심이 없어.
그래서 대부분 화장을 하지 않아.

아이는 이 부분에서 잘 이해가 되지 않는 모양이다. 이해되었느냐는 질문에 고개를 끄덕이지 않고 현관을 나선다. 나도 어렵다. 어째서 더 예쁜 여자가 더 예뻐지고자 애를 쓰는 건지. 하지만 사실이다. 엘리베이터 안에서 다시 한 번 더 잘 설명할 수 없었는가 곰곰이 생각해보지만, 뾰족한 방법이 없다.

아이는 요즘 점점 더 많은 순간 나를 당황하게 한다. 질문을 받는 순간, 기습 당한 듯한 기분마저 들 때가 있다. 아이는 내가 오랫동안 당연시 해 왔던 영역을 궁금하게 한다. 미처 정리해놓지 못한 부분을 정리하게 한다.

그건 마치 아이가 있기 전, "오늘은 밥도 하기 싫은데 라면이나 끓여먹지, 뭐" 하며 하루를 때워 넘길 수 있었지만, 이제는 그럴 수 없게 된 것과 같은 이치다. 하루 또 하루, 아이의 완만한 성장에 따라 그날이 그날인 것만 같은 느린 시간을 살지만, 그 느린 시간 속에서 한 발자국이라도 대충 건너뛰려 하면, 아이가 다정히 내 손을 잡고 건너뛴 지점으로 다시 데려다 주고야 마는 것이다. 본의 아니게, 나는 아이의 질문 기습으로 인해 촘촘해진다. 모든 발자국을 성의 있게 내디디려는 사람이 된다.

정 말 기 분 좋 은 기 습 이 다.

# 엄마,
## 난 왜 자라야 해?

일주일 내내 몸이 아팠다. 혓바닥이 자갈밭처럼 일어서고 검은 반점도 생겼다. 모처럼 가족이 한데 모인 일요일인데도, 커다란 종이 하나를 거실 바닥에 깔아놓고 아이에게 크레용을 건네준 뒤 나는 옆에 누워 힘없이 책에만 눈을 주고 있었다. 아이와 남편 사이에 간단한 대화가 오간다.

엄마가 힘드셔서 그래.
왜?
엄마는 할 일이 많잖아. 중빈이도 돌보고 집안일도 하고……

아이가 말없이 나를 오랫동안 응시한다. 고작 네 살짜리 어린 깜냥으로도 어른들은 늘 바쁘고 지쳐 있다는 생각이 들었던 걸까? 아이가 크레용을 내려놓고 진지하게 묻는다.

엄마, 난 왜 자라야 해?

왜? 자라고 싶지 않니?

응. 난 아이인 게 좋아. 나 자랄 필요 없어.

그래, 엄마도 어른이 되는 것이 선택사항이라면 정말 좋겠다.

하지만 중빈, 누구나 다 자라. 그게 거역할 수 없는 자연의 법칙이야.

왜 그런 건데?

음…… 누구나 태어나면, 자라고, 늙고, 죽게 되어 있어. 그게 인생이거든.

말해놓고 나서 아이의 얼굴을 살펴보니, 여전히 자라야 할 필요성을 못 느끼는 얼굴이다. 그럼에도 불구하고 어쨌든 엄마 말이 맞기는 맞는 것 같아 반박할 수 없을 때의, 조금은 억울하기까지 한 얼굴이다. 아이에게 가장 가까이 있는 어른은 나일진대, 내 어른 된 모습이 그다지 볼품없었던가?

어른이 되면 좋은 점도 있어.

이를테면?

있잖아…… 네가 더 커지고 힘이 세지는 거야.

그럼 무거운 것도 들 수 있지.

요즘 선풍기까지 들어올리며 힘자랑을 하는 아이는 이 대답이 맘에 든 눈치다. 드디어 눈에 불이 켜지며 고개를 끄덕인다.

그럼, 엄마도 들 수 있을까?

그럼, 할 수 있고말고.

아빠도?

물론 할 수 있지!


아이는 평소에 자신을 안아주었던, 자신이 사랑하는 모든 이들의 이름을 대며 그들을 자신이 안아올릴 수 있게 되는 거냐고 묻는다. 아마도 그들이 자신을 들어올릴 때 자신도 같은 식으로 사랑을 표현하고 싶었던가 보다.


그리고 예쁜 여자친구랑 데이트도 할 수 있어.

그 여자친구랑 네가 하고 싶은 건 다 할 수 있어.

멋진 식당에도 가고, 여행도 하고, 결혼도 할 수 있지.

결혼을 하면, 사랑을 나눈 뒤에 아기도 갖게 되는 거야.


이 마지막 대목이 아이는 아주 마음에 들었다.


그럼 그 아기랑 놀면 되겠네!


이 말을 하는 아이의 얼굴에 미소가 한가득이다. 아마도 '지금 아기 동생이 있었으면' 하는 그 바람 그대로 미래에 자신이 만들 아기와 노는 장면을 상상하겠지? 네 살짜리 아빠와 한 살짜리 아들…….


자, 이제 어른이 되고 싶어졌니?

응!!!

# Welcome to this World

남편과 짧은 전화 통화를 마치자, 아이가 이내 눈치를 챈다.

아빠였어?

나는 갑자기 장난이 치고 싶어졌다.

아니, 엄마 남자친구.

아이의 얼굴에 묘한 긴장이 어린다. 이 녀석, 정말로 내게 남자친구가 생기는 것을 걱정이라도 하는 것일까? 이제 곧 네 번째 생일을 맞는 아이는 '결혼'이라든가 '남녀관계'에 대해 어느 정도 이해하고 있는 것일까? 아이는 거실 바닥에 드러누워 있었다. 나 또한 녀석 옆에 누워 질문을 던져본다.

중빈, 엄마에게 남자친구가 생기면 어떨 것 같아?
안 돼!!!
왜 안 되는데?
엄마는 벌써 아빠랑 결혼했으니까.
그럼 결혼한 여자는 다른 남자랑 사랑에 빠지면 안 되는 거야?
물론 안 되지!!!

이 조그만 아이에게 각인된 결혼제도의 위력이 이 정도로 강력할진대, 이 세상의 모든 성인남녀가 그 안팎에서 괴로워하는 것도 무리는 아니다. 나는 아이의 고정된 관념을 한번 흔들어보고 싶어졌다.

만약 엄마가 아주 멋진 남자를 만난다면?
아빠보다 더 잘생기고, 더 똑똑하고, 더 다정한 사람 말이야.

아이는 고민에 빠진 얼굴로 나를 뚫어져라 바라보더니, 진지하게, 한 마디 한 마디 힘주어 못을 박는다.

절대, 절대, 그 사람한텐, 말도 걸지 마.

푸하하! 다섯 살이 된 중빈, 너 드디어 이 갑갑한 세상의 일원이 되었구나. Welcome to this World!

# 왜 우리는 죽지?

아이를 키우는 것은 '유년을 두 번 사는 축복'이라는 생각을 한동안 잊고 지냈던 것 같다. 바쁘다는 것이 그 핑계였다. 그래서 오늘은 오랜만에 아이를 어린이집에 보내지 않고 온전히 하루를 함께 놀며 시간을 보냈다. 커다란 전지에 기찻길과 차고를 그리며 한참 놀고 있을 때였다. 녀석, 그 순간이 행복해서였을까? 문득 이렇게 질문을 시작한다.

엄마, 우리가 죽으면 뭘 할 수 있지?
아무것도 못 하지. 죽은 사람은 아무것도 못하는 거야.

나는 아직 네 살인 아이가 죽음의 그림자를 인식하기에는 너무 어리다고 생각했다. 따라서 아이의 질문도 간단하게 받아들였다. 이를테면 '높은 데서 떨어지면 어떻게 돼?' '죽지!' 정도로. 그런데 아이가 알고 싶었던 건 그게 아니었다.

누가 울어줄까?

비로소 나는 크레용을 내려놓고 아이의 눈을 바라본다. 진지하게 질문을 받아들여야 할 때인 것이다.

물론이지. 너를 사랑하는 사람들 모두가 슬피 울걸.
아빠도 많이 울겠지?
아빠는 굉장히 굉장히 슬퍼할 거야. 너 없이는 못 살 거야.
그럼 날 묻어주고 무덤도 만들어줄까?
그렇게 해줄 거야.
엄마. 아빠가 죽으면 난 많이 울 것 같아.

아이의 눈이 커다랗게 열리고, 조금씩 눈물이 고이기 시작한다.

이런 순간이 있다. 매일매일 마주치고 같이 밥을 먹지만, 어느새 아이가 훌쩍 커버린 모습으로 다가와 느닷없이 놀라게 되는 순간. 나는 막연히, 아이가 죽음에 대한 질문을 하려면 한참을 더 필요로 할 거라고 생각했다. 천천히 대답을 준비해도 될 거라고 생각했다. 더구나 죽음의 슬픔을 인식하고 눈물을 흘리리라고는 생각조차 해본 적이 없었다. 그래서 아이가 한참 심각하기만 한 이 와중에도 실감이 나지 않아 실은 내심 묻고 있었다. 정말로 저 녀석이 슬픈 걸까? 진짜 눈물을 떨굴까?

엄마, 엄마도 죽어?

불행히도, 그래.
왜???

되묻는 아이의 목소리에는 반항과 슬픔이 가득하다.

음, 그게 자연의 이치거든. 엄마도 어쩔 수 없구나.
하지만 왜? 우리 할머니들은 늙었어도 다 살아계신데!
맞아. 지금은 그렇지.
하지만 더 연세가 드시면 언젠가 돌아가시게 돼.
누구도 영원히 살 수는 없어.

아이는 눈도 깜빡이지 않고 눈물을 뚝뚝 떨군다. 첫 질문을 던졌을 때부터 마지막 질문을 던질 때까지 아이는 그 자세 그대로 미동도 하지 않는다. 그렇게 꼼짝도 하지 않은 채로 최선을 다해 '생각'하면서, 사랑하는 이들도 '죽는다'는 명제를 부정하기 위해 애쓰는 것이다. 이제 아이의 얼굴엔 좌절의 기색이 역력하다. 어떤 식으로든 위로해주지 않으면 그냥 그대로 얼어붙을 것만 같다.

하지만 중빈아, 엄마랑 아빠는 아직 젊어.
그러니 너와 함께 오랫동안 살 거야.
네가 자라서 결혼하고 아기도 낳는 걸 다 지켜볼 거야.
그 아기들은 우리의 손자가 되겠는걸.
우리는 함께할 시간이 아주아주 많고

생일잔치에도, 놀이동산에도, 아이는 여전히 위로받지 못한 얼굴이다. 네 살짜리 얼굴에 어떻게 저런 처연함이 어릴 수 있나. 이제는 내가 심각해졌다.



우리는 건널 수 없는 강처럼 커다란 전지를 사이에 두고 앉아 있었다.



아이는 여전히 나를 뚫어져라 쳐다볼 뿐 아무런 반응도 하지 않는다. 얼른 일어나 아이에게 다가간다. 그리고 꼬옥 끌어안아준다. 아이가 듣고 싶어 하는 말을 안다. '엄마 아빠는 절대로 죽지 않아.' 아마도 이런 말이겠지. 그러나 나는 그렇게 마무리하지는 않는다.

아이가 아기일 때부터 나는 절친한 친구에게 그러하듯 동등하고도 허물없는 대화를 나누곤 했다. 아이가 알고 싶은 지점과 내가 알고 있는 지점이 만날 때까지, 진솔하게 설명하고 묘사하고 느낌을 주고받았다. 쉽게 이야기해주기는 했으나, 대충 에둘러 이야기한 적은 없었다. 그리고 아이는 지금껏 딱 그 성실성만큼만 사물을 진지하게 대하는 것 같았다.

걱정 마, 중빈아. 우리는 아주아주 오랫동안 함께 있을 수 있어.

나는 한참 동안 아이를 안고, 요람처럼 흔들며 토닥토닥 두드린다.

좀 기분이 좋아졌니?
아니, 어쨌든 엄마는 죽잖아!!!

아이는 충격 받은 사람들이 그렇게 하듯 옆으로 길게 누워버리며 이렇게 내뱉는다.

나 좀 누워야겠어. 오랫동안 누워 있어야겠어.

애늙은이 같은 말에 피식 웃음이 나왔지만, 가슴 한가운데를 꼭 찔리는 듯한 슬픔도 동시에 교차했다. 아이는 바야흐로 마감하고 있는 것이다. 엄마가 안아주거나 사탕을 한 개 선물 받으면, 울다가도 뚝 눈물이 멈춰지는 단순함의 시절을. 이제껏 아이가 몸이 아플 때 대신 아파줄 수 없었듯, 지금부터는 아이가 마음이 아플 때에도 섣불리 슬픔을 걷어내줄 수는 없으리라. 곁에서 눈물을 닦아줄 수 있을 뿐, 스스로 슬픔을 닦아낼 때까지 순순히 기다려야 하리라. 아이가 무기력감을 느끼며 죽음을 받아들이듯, 나 또한 위로받지 않는 아이를 무릎에 뉜 채로 또 한 단계 올라선 아이의 성장을 받아들이고 있었다.

아이는 한참을 그대로 누워만 있다. 이제는 엄마에게 모든 해답이 있지 않다는 것을 알게 되었다는 듯, 나와 눈도 마주치지 않고 먼 곳을 바라보면서. 해가 뉘엿뉘엿 지고 있고, 무릎에 누운 아이 등에는 땀이 흐르기 시작한다. 어쩐지 이 순간을, 무릎에 놓인 이 온기, 아이 얼굴에 남아 흐르는 눈물, 그 눈물 속으로 노랗게 삭아드는 햇빛을 영원히 잊지 못할 것 같다. 내가 아주 큰 사랑을 하면서, 아주 큰 사랑 속에 놓여 있는 지금 이 시절을…….

# 엄마, 난 왜 자라야 해?

엄마, 우리가 죽으면 뭘 할 수 있지?

왜 심장은 내가 이렇게 꽉 눌러도 박동을 멈추지 않아?

# 너의 질문들

이전에 네가 "이건 뭐야?"라고 물었을 때는 차라리 쉬웠다. 그런데, 네가 "왜?"를 시작하고 나서, 나는 힘들어졌다. 내가 가진 지식과 이해의 품이 얼마나 좁고 얕팍한 것인지 깨닫는 데에는, 불과 몇 개의 질문만으로도 충분했다.

왜 모기는 피를 빨아먹고 살아?

이런 질문은 차라리 쉽다. 답이 하나이기 때문이다. 그리고 이미 다른 사람들이 그 답을 밝혀놓았기 때문이다. 더 어려운 건 그다음이다.

왜 모기가 내 피를 빨아먹는 게 나쁜 일이야?

이런 질문에는 여러 개의 서로 다른 답이 있을 수 있다. 그리고 그중 하나를 골라내기 위해서는 나의 견해가 이미 정리되어 있어야만 한다. 물론, 나는 모기가 피를 빨아먹는 것이 왜 나쁜 일인지에 대해 미리 견해를 정리해두거나 하지는 않았다. 그러니, '왜?'가 힘들어질 수밖에. "왜 그런 거야?" 하며 빤히 엄마를 바라보는 네 살짜리의 순진무구한 얼굴은, 그 순간의 놀라운 집중력은……. 아, 가히 부담스럽다.

(아파트 앞동을 가리키며) 엄마, 우리는 왜 저기 안 살고
(우리 동을 가리키며) 이 건물에 살아?
…… 그래. 내가 봐도 그게 그거로구나.


엄마, 왜 나무는 나쁜 공기를 마시고 좋은 공기를 만들어?
…… 그러게. 우리 인간들은 좋은 걸 마시고 나쁜 걸 뱉어내는데.


왜 나는 지금 다섯 살이 되면 안 돼?
…… 훗. 빨리 형아가 되어 어린이집 형아들에게 복수하고 싶지?


밥을 많이 먹는 것은 왜 좋은 일이야? 조금 먹어도 살 수 있잖아.
…… 네가 드디어 엄마의 식탐을 나무라는구나.


왜 우리는 집 안에서 살아? 밖에서 안 살고?
비가 오면 우산을 쓰면 되는데?
…… 그래, 24시간 밖에서 놀고픈 네 마음을 이해한다.


왜 여자만 아기를 낳을 수 있어?

…… 엄마도 그걸 알고 싶단다.

왜 포도는 동그래?
…… 머, 머, 먹기 편하라고. (이렇게 자기중심적인 해석이 있나?)

왜 심장은 내가 이렇게 꽉 눌러도 박동을 멈추지 않아?

너의 질문은 끝이 없다. 매일 하나씩, 어떤 날은 서너 개씩, 정말로 신선한 너의 질문을 기다리는 것은 그 옛날 연인의 전화를 기다리던 것만큼이나 기대되고 짜릿하다. 네가 나의 부족한 대답들로 너만의 생각의 집을 짓고 커가는 동안, 나는 너로 인해 그동안 지었던 낡은 생각의 집을 부순다.

그렇게 너는 올라오고 나는 내려가면서, 언젠가 우리는 같은 지점에서 만날 것 같다. 그리고 또 그렇게 지나가겠지. 너는 계속 더 올라가면서, 나의 부족함을 답답해 하고 심지어 그것을 나무랄 날도 오겠지. 나는 네가 앙코르와트 사원의 거대한 나무처럼 위로 위로 멀어지는 걸 흡족하게 바라보겠지.

그러다 더 먼 어느 날, 더 낮은 어느 지점에선가, 나는 또 나와 같은 (거의 아무것도 없는) 생각의 집을 가진 어린 친구를 만나게 될 것이다. 그것은 네가 내게 주는 선물과도 같은 것이리라. 휘고 늙은 할머니와 반짝이는 눈동자를 가진 손녀 혹은 손자의 만남. 그때 나는 생각의 높이가 같으므로, 고 녀석의 질문에 대답하기가 아주 쉬워지리라. 아니, 어쩌면 똑같은 것에 대해 동시에 같은 질문을 할지도 모르겠구나!

# 안녕, 난나!

산책을 나가려는데, 뒷마당에 인형이 하나 떨어져 있다.

이 인형이 왜 여기 있을까?
글쎄. 어떤 아이가 떨어뜨렸나보다.

건성으로 대답했다. 내게 그것은 그냥 흙 묻은 헝겊인형이었다.
산책을 마치고 돌아오는데, 아이가 다시 묻는다.

엄마! 저 인형은 왜 계속 저기 있을까?
누가 떨어뜨린 것 같다니까. 춥다. 어서 들어가자.

그런데 뒤돌아보니, 아이가 그 자리에 서 있다. 그제야 건성으로 받을
질문이 아니었다는 걸 알았다.

저 인형 그냥 두면 너무 추울 것 같아. 가지고 들어가면 안 될까?

그러자고 했다. 내일 윗집 여자아이에게 혹시 인형을 잃어버렸느냐고 물어보고 아니라면 가져도 좋다고 했다. 아이는 인형을 꼭 끌어안으며 말했다.

눈 좀 봐. 어째서 인형들은 모두 다 이렇게 눈이 예쁜 걸까?

들어와 손을 씻는 사이, 아이가 사라졌다.

뭐 하니, 손부터 씻지 않고?

아이 방을 들여다보니, 담요로 인형을 꼭꼭 덮어주고 있다.

추웠지?

아이는 자신의 소중한 테디를 데리고 온다. 테디는 아기였을 때부터 아이와 함께했던 곰인형이다. 어린 주인을 따라 터키로, 아랍으로, 내내 우리의 여행에 동행했던 곰인형이다. 세계 곳곳을 누빈 역전의 용사답게 그것은 몇 군데나 실밥이 터지는 부상을 입었고, 그때마다 신참 인턴에게 걸린 운 나쁜 환자처럼 내 형편없는 바느질 시술을 받으며 벌벌 떨어야 했다.

애는 테디야. 그리고 애는 난나.

벌써 신입 인형에게 이름까지 붙여준 모양이었다.


만나서 반가워, 테디. 나도 만나서 반가워, 난나.
우리 오늘 같이 자자. 그리고 앞으로 사이좋게 지내자.


잠시 후 난나를 데리고 나온 아이는 내게 흙 자국을 보여주며 묻는다.


그런데 엄마…… 이건 어떻게 하지?
엄마가 내일 빨아줄게.
하지만…… 세탁기에 넣으면 너무 아플 것 같아.
엄마가 손으로 살살 빨아줄게.


그래도 안이 온통 솜뭉치라 말릴 땐 탈수기에 넣고 돌려야 할걸, 속으
로 몰래 생각하는데 어떻게 눈치라도 챘는지 자신이 직접 수건을 가져다
열심히 얼룩을 문지른다. 그러다 묻는 말.


엄마, 인형들은 이렇게 눈을 뜨고 있는데 어떻게 자?
네가 잠들면 걔네들도 눈을 감고 자.
네가 깨어 있을 땐 너랑 놀고 싶어서 열심히 눈 뜨고 있을 뿐이야.
어떻게 눈을 감아?
이렇게 꽉~!
어…… 엄마, 그렇게 눈을 감으니까 정말 주름이 많다.

그리고 고개를 푹 숙인다.



고개가 다시 쏙 올라온다.



에궁, 주름은 보이지도 않는구만…….

새해가 되고 아이가 일곱 살이 되었다. 늘 조그만 아기여서 엉덩이를 주무르며 살 수 있으면 좋겠다고 생각했지만, 일곱 살은 또 그 나름대로 신비로운 데가 있는 것 같다. 구호단체 모금함에 돈을 넣으며, "아프리카 사람들은 그 나라 돈을 쓸 텐데, 우리가 한국 돈을 넣으면 그 사람들이 어떻게 쓸 수 있을까?" 하는 똑똑한 고민을 하는 한편, 길 위에 버려진 인형이 정말로 추워한다고 믿기도 하는 나이이기 때문이다. 다 큰 아이처럼 묻는 똑똑한 질문도 나를 기쁘게 하지만, 아기처럼 인형과 나누는 교감은 나를 더 기쁘게 한다. 똑똑한 질문은 어른이 된 아이에게 한 덩이의 빵을 안겨 주겠으나, 순수한 교감을 나누는 능력은 어른이 된 아이의 영혼을 배부르게 할 것이기 때문이다.

아이가 더 오래 작고 보잘것없는 것들과 대화하면서 느리게 달려갔으면 좋겠다.

# 일곱 살이 된
## 아이는

일곱 살이 된 아이는 문득 징그럽다. 버스에 앉아 창밖을 내다보다가 고개를 돌리고 중요한 정보를 전달하듯 이렇게 말한다.

노래방 이름 중에 뭐가 제일 좋은 줄 알아?
'질러' 노래방. 거기 가면 미친 듯이 소리를 지르는 거야.
사진을 보니 방도 넓고 좋은데.
우리 다음엔 꼭 저기 가서 맘껏 질러보자!

일곱 살이 된 아이는 오로지 자기 필요에 따라서 정교해진다.

내가 엄마한테 이천 원 빚진 거에서 음식물 쓰레기 버렸으니까
삼백 원 깎아줘.
그럼 천칠백 원. 또 아까 분리수거 했으니까 이백 원 깎아주고.
그럼 인제 천오백 원…… 그런데 참, 엄마!

왜 전에 꾼 돈 만 이천 원 안 갚아?

일곱 살이 된 아이는 인터넷 검색을 시작했다. 검색창을 살펴보니…….

파워레인저 노래 가사
유켄도 노래 가사
가브타크의 무기 이름은?

일곱 살이 된 아이는 밑 닦기도 시작했다. 응가를 하고 혼자서 손까지 닦고 나올 때면 스스로 몸을 관리한다는 자부심, 은밀한 부위가 타인으로 부터 독립된 것에 대한 긍지로 얼굴에 빛이 날 지경이다. 더불어 궁금한 것 도 세밀해졌다.

엄마, 내가 힘을 줬지만 똥이 나오진 않았거든.
하지만 똥꼬에 똥이 묻었는지 안 묻었는지는
확실히 알 수가 없거든. 그럴 땐 어떻게 해?
일단 닦아봐.
그러다 휴지에 아무것도 묻지 않으면 어떡해? 휴지가 아깝잖아.
손에 똥이 묻었을 때는 또 어떻게 해?
비누로 닦는 게 전부야? 더 좋은 방법은 없을까?
이건 비밀인데, 전에 손가락에 똥이 묻었거든.
그래서 비누로 빡빡 문질렀거든.
그래도 나중에 놀 때 보니까 손에서 조금 냄새가 나던데.

진짜 더 좋은 방법은 없을까?

일곱 살이 된 아이는 큰맘 먹고 받은 만큼 베풀 때가 있다.

자. 엄마는 아프니까 꼼짝도 하지 마.
테디와 난나를 줄 테니까 끌어안고 자.
아냐, 아냐. 움직이지 마. 전화는 내가 받을게.

베개를 가져다 머리에 베어주고 그걸로 미진했는지 쿠션을 가져다 발에도 베어준다. 담요를 가져다 덮어주고 끝자락으로 살짝 나온 발가락까지 꼼꼼히 덮어준다. 이마를 몇 번이고 짚어보고 머그잔에 물을 담아와 마시라고도 한다. 급기야 수건에 물을 적셔 내 곁에 걸어놓는데 역시나 꼬옥 짜지 못해 화장실로부터 내리 한강물이다.

어서 자. 나를 돌보지 마. 나는 내가 돌볼게.
그리고 엄마도 내가 돌볼게.

하지만 역시 그 장대한 베품의 끝은 생체실험이다. 휴지를 돌돌 말아 흰 알약을 만들고 내 입속에 넣지 못해 안달이 났다. 가짜 주사기로 엉덩이 팔뚝은 물론 발바닥까지 찔러댄다.

일곱 살이 된 아이는 때로 내 마음도 찔러댄다. 나의 감정적 미성숙함을 부끄럽게 지적하면서.

인제 웃네. 그래. 짜증은 다 풀린 거야?


일곱 살이 된 아이는 드물게, 아주 드물게 시도 쓴다. 그러려면 유켄도의 칼날과 파워레인저의 자극적인 불빛이 소거된 깊은 산속에 이르러야 한다. Y자로 갈라진 나뭇가지를 발견하고 거기에 머리를 뉘어야 한다.


쉿!
이렇게 하고 하늘을 봐봐.
구름이 움직이는 소리가 들리지 않아?
눈을 감고 손을 펴서 하늘로 올려봐.
나무처럼, 나무가 된 것처럼.
느껴지지? 발밑으로 지구가 날아오르는 것.
우주로, 우주로, 우리가 떠다니는 것⋯⋯⋯

# 아이라는 완전체

밤새 엄청나게 비가 내리더니 아침이 되어도 멈추지 않았다. 시골 외삼촌 댁에 놀러 간 아이가 아침 댓바람부터 전화를 했다.

엄마, 서울에 비 많이 온다면서?
응. 들이붓듯이 와.
나도 알아. 지금 뉴스로 보고 있어.

아이가 TV로 고개를 돌린 듯, 잠시 잠자코 있다. 전화기 너머로 남자 앵커의 목소리가 웅웅 들려온다. 서울의 제 집에 TV가 없으니, 엄마 아빠가 중대한 비 소식을 놓치기라도 할까 걱정이 되었나보다. 아이는 심각한 목소리로 앵커가 말하는 뉴스 내용을 띄엄띄엄 전한다.

엄마, 비가 사흘 동안 더 올 거래. 것도 많이 올 거래.

그러고 나서 걱정이 되는지 묻는다.


아빠는 어딨어?
회사 가셨지.
우산 가져갔어?
그러엄. 중빈이가 아빠 걱정을 다 해주고
아빠가 알면 기뻐하시겠네.

쑥스러운지 대답이 없다. 아빠 걱정 다음은 책 걱정이다.

엄마, 내 라오스 책 아직 안 나왔어?

녀석은 꼭 '내' 책이라고 한다. 터키여행기가 책으로 나온 뒤 한동안은
아무나 붙잡고 "안녕하세요. 그런데요, 내 책 나왔어요" 해대서 도저히 같
이 다닐 수 없을 지경이었다. 이런 적도 있다. 어느 날 유치원에 갔더니, 담
임선생님께서 먼저 말씀하신다.

어머니, 축하드려요. 책 나온다면서요?
중빈이가 "내 책 나온다"고 원장선생님이랑 저한테 다 자랑했어요.
그래서 제가 "중빈아, 선생님도 하나 줘" 했더니,
"사서 보세요. 책은 '사서' 보는 거예요. 서점 가면 다 있어요"
하지 뭐예요. 그래서 제가 얼마나 부끄러웠는데요.
더 웃긴 건요, "아마 엄마가 원장선생님은 한 권 드릴걸요"

오, 그날의 당황스러움이란! 우찌 일곱 살 아이는 시키지도 않은 말을 시킨 듯 천연덕스럽게 잘 하는가 말이다. 더구나 녀석은 아무래도 남편을 닮았는지 판매부수까지 열심히 챙긴다. 영업사원 닦달이라도 하듯, 툭하면 내게 묻는다.

엄마, 이제 몇 권 판 거야?

그리고 내 대답이 시원찮다는 듯 의심스럽게 뒤이어 묻는다.

그럼 이제 우린 부자가 되는 거야?

처음 얼마 동안은 열심히 묻더니, 이제 그 질문은 그만두었다. 시간이 지나도 집 돌아가는 모양새가 그게 그거란 걸, 책 팔아서 돈 버는 건 어려운 일이란 걸 저도 알았겠지. 그런데 이 녀석 혹시 열심히 두 번째 책 출간을 챙기는 것이 그 못다한 '부자'에의 열망 때문은 아니겠지? 나는 피식 웃으며 대답했다.

라오스 책은 아직 안 나왔어.
안 그래도 오늘 책을 예쁘게 만들어주시는
디자이너 아줌마 만나러 갈 거야.
거기가 어딘데? 멀어?

다행이었다. 아직은 돈 걱정보다 엄마 비 맞을 걱정이 우선이어서.

그다음 날이었다. 원래 떨어져 있어도 자주 곰살갑게 전화를 하지 않는 녀석, 다시 전화를 걸어왔다. 수화기 저편에서 또 뉴스 앵커 목소리가 들려온다.




마음이 따끈해져왔다. 아이가 어느덧 자라, 부모 걱정을 한다. 뉴스를 안 보는 엄마 대신 아빠를 챙기고, 돈 개념 없는 엄마 대신 부자 될 궁리도 하면서.

'아이라는 완전체'는 부모가 좀 모자라거나, 혹은 모가 났다 해도, 먹여주고, 입혀주고, 끌어안을 때마다 "사랑한다" 속삭여주기만 하면, 나름의 건강한 주파수로 세상을 배운다. 나아가 부모의 모자란 부분을 채우고 모가 난 부분을 둥글게 한다. 나는 고마움을 담뿍 담아 대답했다.

네에! 엄마가 젤 튼튼한 걸로 챙겨놓을게요.
중빈이는 거기서 비도 햇살도 실컷 맞고
아주아주 재미나게 뛰어노세요~!

# 종이 한 장의 행복

어느 곳으로 여행을 하든, 종이가 우리를 따라다닌다. 나는 항상 누런 갱지를 엮은 수첩에 단상을 끄적거리며, 아이는 장거리 버스 안에서 지루해질 때마다 종이배나 비행기를 접는다. 라오스에서 우리가 탄 버스에 함께 탄 아이들은 내릴 때 모두 손에 종이배나 비행기를 들고 있었다. 먼 나라에서 온 여섯 살 꼬마의 손으로 접혀져 꼬깃꼬깃 쭈글쭈글 엉성하기 짝이 없는 배와 비행기들. 가진 것 없는 그곳의 아이들은 보잘것없는 선물을 향해서도 한껏 기쁜 미소를 지어주곤 했다.

그렇게 한 장의 종이로 주고받을 수 있는 기쁨을 알게 되었기 때문일까. 어느 날 아이가 모래 한 톨처럼 작게 접힌 종잇조각을 내게 건넨다.

내가 엄마에게 행복을 줄게.

콧김에도 굴러갈 듯 작은 그것을 받아 손톱 끝으로 어렵사리 펼쳐 보니, 가로세로 1센티미터가 될까 말까 한 그저 종이일 뿐이다. 아무 말도 씌어 있지 않다.

뭐야? 아무것도 없네!
이제 알겠어? 행복이란 보이지 않는 거야.

어디서 주워들은 것일까. 제법 통찰 어린 말에 웃음을 터트렸더니, 저도 씨익 웃으며 덧붙인다.

거 봐. 이게 엄마를 웃게 했지? 그게 바로 행복이야.

그러곤 제대로 행복을 선사한 사람답게 의기양양해진 얼굴을 꼿꼿이 쳐든다. 나는 고 자그마한 얼굴에 찐하게 입을 맞췄다.

# 오월의 아이

어버이날, 아이가 유치원에서 제법 그럴듯한 카네이션 두 송이와 카드를 만들어왔다. 카드를 펼치니 사인펜으로 그린 엄마와 아빠 얼굴이 있다. 눈동자나 머리칼 같은 부분까지 세심하게 그려넣었다. 평소 그림을 거의 그리지 않거나, 마지못해 그린다 해도 대충 휘갈겨 그릴 뿐인 녀석의 미술 솜씨를 감안하건대, 어버이날이라고 딴에는 몹시 신경을 쓴 흔적이 역력하다.

그날 오후, 거실 창가에 앉아 있는데 아이가 내게 기대며 말한다.

엄마, 나는 어버이날이 참 좋아.
어린이날이 아니고?
응. 어린이날도 좋고 크리스마스도 좋지만, 특히 어버이날이 좋아.
왜?
내가 사랑하는 사람을 위한 날이니까. 엄마가 기뻐하는 날이니까.

울컥. 나는 어린이날에 어떻게 하면 저렴한 선물로 때울까 고민했는데……. 아이가 내 무릎에 누우며 졸린 목소리로 말한다.

엄마. 나한테 원하는 걸 부탁해봐.
내가 뭐든지 한 가지 들어줄게. 진짜야.
오늘은 내가 다 들어줄 수 있어……

그리고 그대로 스르르 잠이 든다. 오, 이런 천사 같은 것.

그리고 다시 스승의 날. 아이가 선생님께 선물을 드리고 싶어 했다. 함께 어떤 선물이 좋을까 고민하다가 뒷마당에 나가 땅을 팠다. 따뜻한 봄을 맞아 끝없이 쏟아져 나오는 지렁이, 공벌레, 지네까지……. 한 시간여 땅을 판 결과, 둥글고 긴 우유병은 간간히 지수(우리 집 개) 털이 섞인 검은 흙과 지렁이 열두 마리, 공벌레 세 마리, 지네 한 마리로 채워졌다.

아이는 그 우유병에 빨간 리본을 묶고 빨간 장미 한 송이를 꽂아 유치원으로 향했다. 내가 "편지도 쓰는 게 좋지 않을까?" 하니 제 방에 들어가 한 시간이나 궁싯거리며 정성스레 써 내려간 장문의(?) 편지와 함께였다. 사실, 아이가 선생님을 좋아하는 줄은 진즉에 알았지만 그렇게 오래 끙끙거릴 줄은 짐작도 못했다.

박자영 선생님한테 오중빈

선생님 사랑해요

선생님은 우슬때제일 아름다워요

져는요 선생님이 업스면 보고 시퍼져요

스승의날을 축하합니다

져는요 유치원을 보면 막 가고 시퍼져요

선생님은 아이에게 포옹과 입맞춤으로 고마움을 전했다고 한다. 우유병은 창가에 놓아 모든 아이들이 벌레를 관찰할 수 있도록 하셨단다. 아이가 새롭게 좋아하고 고마워하는 사람의 숫자가 점점 늘어간다. 어린아이가 "산다는 건 참 행복한 일이에요" 하는 얼굴로 곁에 있어주는 것은 실로 커다란 축복이다. 지침 없이 조잘대고 사고치고 뛰어다니며, 아이는 내게 이렇게 말하는 듯하다.


이리 오세요.

바쁜 일은 일단 접어두고 같이 뛰어놀아요.

나와 함께하면,

내 행복이 당신에게도 고스란히 전달된답니다.

중빈인 어떻게 살고 싶어?

나는 아주 엄청난 부자가 같이 살자고 해도
엄마 아빠를 떠나서 자기랑 같이 살자고 해도
누구를 고를 건지 알아? 엄마 아빠야.

돈보다 마음이
　　　훨씬 중요한 거니까.

# 심장이
# 부서져버렸어

엄마, 이리 와봐. 우리 꼭 끌어안자.

난 엄마를 너무너무 사랑해서,

이렇게 맨날 맨날 꼭 끌어안고 다니고 싶어.

그래, 우리 꼭 끌어안고 다니자.

그래, 히힛!

흠…… 엄마 이마에서는 햇빛 냄새가 나.

뺨에서는 바람 냄새가 나고. 엄마, 먹어봐.

뭘?

엄마를. 이렇게 혀를 내밀고. 맛있지 않아? 엄마는 딸기 맛이야.

훗, 딸기 맛?

응. 아주 달콤~한 딸기 맛. 그런데, 엄마! 난 궁금한 게 있어.

뭔데?


사람은 어떤 때 심장이 부서져?


음, 글쎄…… 나쁜 걸 많이 먹고 운동을 안 하면

심장이 부서질 수 있고, 또 아주 많이 슬프거나 속상할 때도

심장이 부서질 수 있어. 또……

너무너무 사랑할 때도!

그래, 맞다. 너무너무 사랑할 때도 심장이 부서질 수 있지.

중빈인 그걸 어떻게 알았니?


날 봐. 엄마를 너무너무 사랑해서, 심장이 부서져버렸어!

# 고향의 봄

참 좋은 계절이라고, 부암동 골목길을 걸으며 중얼거리곤 한다. 춥지도 덥지도 않고 꽃들은 아직도 지침이 없다. 이곳 작은 집으로 이사 오면서 필요하다는 사람들에게 가구를 다 주어버렸다. 밥을 먹을 때면 쬐끄만 상에 식구끼리 이마를 맞대고 앉다가 어느 날 아이도 어른도 자세가 나빠진다는 걸 느꼈다. 그래서 들인 거실 창가의 테이블.

여기 앉아. 우리 부암카페 차렸어.

찾아온 친구들을 위해 테이블 위에 초를 밝히면,

우와, 분위기 끝내준다!

친구들도 적당히 맞장구쳐주었다.

물론, 분위기는 항상 끝내준다. 깨질까봐 애저녁에 남 줘버린 와인잔 대신 오백 원짜리 플라스틱컵에 와인이 따라진다. 내가 좋아하는 CD를 올리면, 늘 오디오 볼륨보다 더 높게 일곱 살 사내아이들이 저쪽에서 살림을 거덜낸다.

이얍!
호엇!
박살내자!
넌 죽었어!

희한한 것은, 어린아이가 있는 사람들은 건망증도 집중력도 모두 뛰어나다는 것이다. 원숭이처럼 이리 뛰고 저리 뛰던 아이들 중 한 명의 칼날 같은 비명에 마데카솔을 꺼내고 반창고를 붙여주고 나면 조금 전 화제가 무엇이었는지 이내 까먹고 말지만, 또 다시 찢어지는 비명이 들려오기 전까지 웬만한 소음은 선택적으로 버려지며 새로운 화제가 달궈지는 까닭이다.

아이가 그 창가의 카페에 앉아 멍하니 밖을 바라보는 시간이 많아졌다. 잎도 푸르고 꽃도 붉은 어느 날, 한참 창밖을 보던 아이가 내게 말한다.

엄마, 나는 부암동이 너무 좋아.
여기서 계속 살고 싶어.
할아버지가 될 때까지 살고 싶어.
내가 죽으면, 내 무덤은 꼭 이 집 안에 지어줘.

어제 아이는 바이올린으로 '고향의 봄'을 연주하고 있었다. 아이가 연주하는 고향의 봄은 너무나 신이 나고 흥이 가득해서 '파워레인저' 주제가를 연주할 때나 별 차이가 없었다. 참지 못하고, 내가 그만 끼어들고 말았다.

중빈아, 이 노래의 가사는 이런 거야.
고향에서 멀리 떨어져 있는 사람이
예전에 살던 고향을 그리워하며……

그리고 노래를 불러주었다. 노래를 다 듣고 난 아이는 좀 답답하다는 듯이 내 눈을 똑바로 보며 말한다.

근데, 엄마!
나는 지금 신나고 즐겁게 고향에 살고 있잖아.

아직 고향에 살고 있는 너, 이제 고향을 만들어가는 너, 부럽고 사랑스럽다. 사랑하는 누군가에게 '신나고 즐겁게' 추억할 고향을 만들어주고 그 추억 속에 작은 조각이 되어 함께 담길 수 있다는 것은 얼마나 크나큰 영광인지.

# 세상에서 가장
# 고맙고 좋은 일

슈퍼에 우유 심부름을 다녀오는 길, 아이가 현관문을 열어젖히자마자 신도 벗지 않은 채 서서 목청을 높인다.

엄마! 세상에서 가장 좋은 일이 일어났어!

할머니 슈퍼에서 우유를 사서 오는데 3층 아줌마를 만난 거야.

거기 엄청나게 높은 절벽(경사진 골목) 있는 데 있잖아.

거기서 만난 거야.

아줌마는 차를 운전하고 있었거든.

근데 나보고 "태워줄 테니까 탈래?" 하는 거야.

내가 "아줌마 맘대로 하세요" 그랬어.

그랬더니 타래.

그래서 타고 왔거든.

주차장에서 내가 "고맙습니다" 했어.

그리고 돈을 드렸거든.

거스름돈 남은 게 육백오십 원밖에 없어서 모자랄 것 같았는데,
"미안한데요, 지금 돈이 요것밖에 없거든요" 하고 드렸거든.
그런데 아줌마가 안 받는 거야. 괜찮대.
내가 "받으세요, 받으세요" 해도 자꾸 괜찮대.
그래서 그냥 올라왔어.

어때, 정말 세상에서 가장 고맙고 좋은 일 아냐?

# 순수한 귀납법

동네 어귀 슈퍼 할머니는 언제나 잔소리가 많다.

애를 왜 하나밖에 안 낳아?
쯧쯧, 아가 하나뿐이니 저렇게 안 먹지.
또 나가는 겨? 애 델꼬 엄청히도 싸돌아 댕겨.
애 가랭이 찢어지겄어!

첨엔 그 잔소리가 싫어 고개를 모로 꼬고 모른 채 지나가기도 했다. 할머니의 잔소리가 애정과 염려의 또 다른 표현이라는 것을 알기까지, 그래서 그 잔소리가 푸근하게 들리기까지는 계절이 한 번 바뀌어야 했다.
아이는 나보다 먼저 (본능적으로) 그 할머니가 따뜻한 사람이라는 것을 알았나보다. 어느 날, 할머니와 일상적인 몇 마디를 주고받은 뒤 그러니까, 일상적으로 잔소리를 들은 뒤 집으로 내려오는 언덕길에서 또랑또랑한 목소리로 나를 부른다.

엄마!
응?
사람이 늙으면, 착해지나봐.

마침 지나가던 아주머니 둘이서 아이의 말에 웃음을 터뜨린다.

어째서?
왜냐믄…… 이런 거야. 내가 다섯 살 때는 뭘 잘 몰랐잖아.

그래서 나쁜 짓도 하고 그랬잖아. 그런데 지금은
여섯 살 형아가 되니까 더 잘 알잖아. 더 잘 알면, 더 잘 하잖아.
그러니까…… 나이가 아주아주 아주아주 아주 많아져서
꼬부랑 할머니가 되면 얼마나 아는 게 많겠어? 얼마나 잘 하겠어?
착해질 수밖에! 슈퍼 할머니를 봐. 정말 착하잖아.


아마도 아이가 꿈꾸는 세상은 이미 지구 한 귀퉁이로 밀려나버린 인디언의 세계인지도 모른다. 나이가 든다는 것이 선해짐과 지혜로워짐을 의미하는 세상. 그래서 나어린 것들은 나이든 자에게 귀를 기울이고, 나이든 자는 나어린 것들을 챙기고 보듬고 옳게 이끄는 세상.

금세기 우리가 추구하는 것은 지혜가 아닌, 지식이다. 지식은 아직 젊어 생생한 나이에 더 취하기 쉽고 노화하면 쌓기 어렵다. 오늘날 나어린 것들은 한 움큼의 빛바랜 지식만 손에 쥔 채 뒷전에 물러앉은 늙은이들을 죄다 먹여 살려야 한다며 한숨을 쉰다. 하지만, 지식은 세상을 바꿀 수는 있어도 풍요롭게 할 수는 없다. 인간은 본능적으로, 오직 지혜의 선상에서만 마음의 평화를 얻을 수 있다.

아이가 자라면서, 열심히 주변의 것들로부터 경험적 귀납법을 도출해낸다. 이 가운데 어떤 아름다운 것들은, 이미 시대가 그 가치를 내버린 것이라 할지라도, 아이의 눈을 통해 다시 그 가치를 더듬어보게 된다.

# 기부

아이와 산책을 하다보니, 비탈진 언덕에 세워진 아파트 사이를 걷고 있었다. 지어진 지 오래되기로 유명한 아파트였다. 금이 가거나 칠이 벗겨진 창틀마다에서 저녁을 맞는 사람들이 불을 밝혔다. 아이가 입을 연다.

엄마, 내 돈 육십오만 원 있잖아.

아이는 사실 우리 세 식구 중 제일 알부자다. 허술한 제 부모와 달리, 몇 년째 어른들이 주시는 세뱃돈과 선물형 현금을 안 쓰고 나무상자에 모아온 까닭이다. 아무리 꼬셔도 일단 그 상자에 들어간 돈은 다시 나오지 않았다. 사고 싶은 장난감이 있어도, 음식물 쓰레기를 버려 삼백 원씩 벌지언정 저금한 돈을 꺼내 쓸 생각은 하지 않았다. 결혼반지조차 하지 않았던 남편과 나는 가끔 농담처럼 말하곤 했다. 우리 집에 도둑이 들면 저 나무상자밖에 가져갈 게 없을 거야……

나 그 돈을 나눠주기로 했어.

엉? 너 그 돈 모아 렉서스 산다며.

그건 어릴 때, 자동차 좋아할 때 얘기고.

그 돈을 계속 모아서, 어른 될 때까지 모아서,

여행을 가서 다 나눠줄 거야.

누구에게?

애들한테. 검은 물을 먹는 애들 있잖아.

피부병에 걸리고 죽기도 하는 애들.

또 옷이 없어서, 아무렇게나 벗고 다니는 애들한테도.


어떻게 아이의 생각이 바뀌었는지 조금 의아스럽기도 했다. 그 돈은 아이에게 늘 커다란 자랑거리였던 것이다. 어른들 사이에 궁핍한 돈 이야기가 오갈 적에도, 아이는 눈치 없이 불쑥 끼어들며 "뭐요? 그게 십오만 원이라고요? 겨우 십오만 원? 난 육십오만 원이나 있는데!!!" 하여 듣는 이를 당혹스럽게 하곤 했던 것이다. 차곡차곡 모으는 재미에 맛을 들인 줄 알았는데……. 나는 물었다.


그래? 어떻게 그런 훌륭한 생각을 하게 됐어?

엄마도 여행 가서 불쌍한 사람들을 도와주잖아.

나도 사람들을 도와줘서 엄마처럼 따뜻한 마음을 갖고 싶어.


헉. 쥐구멍이라도 있으면 숨고 싶었다. 날마다 봉사활동을 다니는 분들도 수두룩하건만, 여행지에서 몇 번 있었던 일을 아이가 추켜세워준다.

나는 얼굴이 달아오르는 것을 느끼면서, 아이를 꼭 안아주었다.



포옹 때문에, 사랑이 조금 더 움텄나보다. 아이는 미처 챙기지 못했다는 듯 말을 조금 바꾼다.

내가 어른 될 때까지 계속 저금하면 천만 원은 모을 수 있을 거 아냐?
그중에서 구백만 원은 애들 다 주고, 백만 원은 엄마 아빠한테 줄게.
내가 어른이 되면 엄마 아빠는 할머니 할아버지가 되잖아.
그럼 일을 할 수 없으니까 내 돈을 쓰면 돼.
고마워~~~ 엄마가 말만 들어도 너무나 든든하네.
내 걱정은 안 해도 돼. 내가 어른이 되면 '지갑'이 생기잖아.
나는 지갑에서 나오는 돈을 쓰면 돼.

나는 피식 웃었다. 얘가 오늘 세 살과 열세 살을 왔다 갔다 하는구나. 하지만 일곱 살 아이가 지갑에 돈이 들어가기까지의 과정을 모를 리 없다. 때론 "아빠처럼 밤낮으로 일하기 싫어 어른이 되기 싫다"고 하기도 하고, 때론 "아빠가 회사에 안 나가면 우린 어떻게 살아?" 하기도 하는 까닭이다. 나는 아이가 세 살로서 결심했든 열세 살로서 결심했든 그저 마음이 훈훈해졌고, 내려다보니 아이 또한 이미 천만 원을 나누어준 듯 뿌듯한 얼굴이었다. 그것이 그제의 일이었다. 그리고 어제저녁, 아이가 아무렇지도 않게 말한다.

엄마, 나 내일 저금한 거 유치원에 갖고 가야 돼.

왜?

선생님이 다른 나라에 있는 불쌍한 애들 도와줄 돈 가져오래.

딴 애들도 다 가져올 거야.

얼마 가져갈 건데?

다.

뭐??? 육십오만 원을 다 갖고 간다고???

응.

진짜 다 주어도 괜찮겠어? 너 그거 어른 될 때까지 모은다며?

괜찮아. 지금 주고 싶어.


나는 몇 초간 할 말을 찾지 못했다. 그러고 나서 심하게 더듬었다.


그, 그래도, 유, 유, 육십, 오만 원은 크, 크, 큰돈인데……

하, 한꺼번에……

나도 알아. 그래서 다 주고 싶어.


도저히 할 말이 생각나지 않았다. 스스로 열심히 모은 돈을 어려운 사람을 위해 아낌없이 쓰고 싶다는데 대체 뭐라고 할 수 있단 말인가? 금액을 제한하자니 어려운 사람들을 너무 많이 도와주면 안 된다는 것만 같고, 제한하지 않자니 일곱 살짜리에게 너무 큰돈을 쓸 권한을 주는 것만 같다. 나는 간신히 거기까지만 생각해낼 수 있을 뿐이었다. 마침 남편이 조금 일찍 돌아왔다. 우리는 나무상자를 가운데 놓고 둘러앉아 가족회의를 열었다. 내가 모기만 한 소리로 먼저 고백했다.


중빈아…… 실은…… 이 상자에 지금 사십오만 원밖에 없어……


아이 눈이 튀어나올 만큼 똥그래진다.


왜???????
미안한데…… 엄마가 은행 가기 싫을 때 꺼내 썼어……
엄마가 곧 채워줄게.
언제? 내가 스무 살 되기 전에 채워줄 수 있어?


뜨끔. 얘가 나를 왜 이렇게 잘 알지? 남편이 거든다.


그건 낼이라도 은행에 가면 돼. 엄마가 잠깐 빌려 쓴 것뿐이니까.
아빠가 꼭 찾아서 넣어줄게.


그제야 안도하는 녀석의 얼굴.


가족회의를 하는 동안, 나는 기부를 통해 이웃을 돕는 방법, 그 가운데서 돈을 나누는 방식에 대해 이야기했다. 적게 여러 번 나눠 도울 수도 있고, 오랫동안 모았다 한 번에 많이 도울 수도 있다는 것. 각각의 쓰임이 다를 수 있다는 것. 적은 돈은 당장 필요한 빵을 살 수 있게 하고, 큰돈은 아이들의 미래를 위해 학교를 짓는 데 쓰일 수 있다는 것을 설명해주었다.

이 설명은 다분히 의도적이었다. 나는 아이가 큰돈의 쓰임새를 결정하기에는 아직 어리므로 전액 기부까지는 시기를 미루자는 입장이었던 것이다. 중빈은 흔들렸다.

빵보다는 학교가 낫지 않을까?
그럼 일단 만 원만 내고 어른 될 때까지 큰돈을 만들까?

남편이 다른 의견을 냈다. 지금 당장 배고픈 아이들에겐 미래의 학교보다 빵이 더 의미 있을 수도 있다. 학교가 빵보다 꼭 더 큰 것은 아니다. 아이는 또 흔들렸다.

거 봐. 내가 다 내고 싶다니까.
엄마 내일 은행 가서 나머지 이십만 원 찾아와.

우리는 내일 다시 얘기해보자고 하고 일단 흩어졌다.
그 내일이 오늘이었다. 아이가 아침에 밥을 먹다 말고 말문을 연다.

어제 잘 때, 왜 잘 때 잠이 바로 안 오잖아.
자기 전에 시간이 있잖아.
그때 내가 열심히 생각해봤거든. 난 학교가 더 좋아.
그런데 내 돈을 지금 불쌍한 아이들한테 다 주고 싶기도 해.
왜냐믄 다 줘도, 여덟 살 때 세배하면
할머니 할아버지가 또 만 원씩 주실 거니까.

첨부터 다시 모아도 될 거 같아.

아이가 원하는 답을 알고 있었다. 이제 내가 그 답을 말해줄 차례였다. 네가 어른이 될 때까지 기다리지 않아도, 지금 가진 돈만으로도, 충분히 학교를 지을 수 있단다. 거기에 또 다른 사람들이 보내준 기부금이 합쳐질 테니까…… 하고.

실은 지난밤 나 또한 생각이 많았다. 어린아이가 큰돈의 사용처를 결정하는 것이, 비록 좋은 일에 쓴다고는 해도 과연 옳은 일일까. 그러다 곧 깨달았다. 내가 '도움을 필요로 하는 아이들'을 생각하고 있는 게 아니라. '내 아이'를 먼저 생각하고 있다는 것을. 그 돈의 쓰임이 어려운 아이들에게 미칠 영향을 생각하고 있는 게 아니라, 내 아이에게 미칠 교육적 영향을 먼저 생각하고 있다는 것을. 이를테면, 저금이라는 것은 미래에 대한 준비이며, 다 써버리면 앞으로 닥칠 일에 적절히 준비하기 어려울 수도 있다는 교훈 같은 것.

그러나 과연 그럴까. 타인을 돕고자 하는 마음은 있으나 나의 미래를 위해 일단은 남겨두는 것, 그것은 정작 돕지 않는 자들의 한결같은 변명이기도 하지 않은가. 게다가 군이 교육적인 의미를 찾고자 한다면, '가진 걸 다 주어보는 것'보다 더 큰 경험이 어디 있단 말인가. 좋은 일에 쓰이는 돈은 돈이 아니라 마음일진대, 어렵사리 모은 돈이 커질수록 큰마음을 전달하는 것일진대, 부끄러웠다. 나라는 비좁은 사람에게 돈은 끝까지 돈이었던 것이다.

나는 맘을 고쳐먹었다. 내게는 아이를 호도할 권한이 없다, 아이가 나름 최선을 다했고 그 마음을 발현하려 할 때 부모로서 할 일은 거기에 자신의 잣대를 들이대는 것이 아니라, 아이가 이미 이룬 성과 혹은 내린 결정에 대해 "참 잘했다" "좋은 결정이다" 칭찬해주고 존중해주는 일이다. 저금에 기부 외의 또 다른 의미가 있는 거라면 아이가 커나가면서 스스로 그 의미를 깨우치겠지…….

나는 아이에게 그 돈이면 충분히 다른 기부금과 합쳐져 학교를 지을 수 있다고 말해주었다. 그리고 어려운 결정을 내려준 네가 정말로 자랑스럽다고 말해주었다. 아이는 막힌 것이 뻥 뚫린 얼굴로 환하게 외쳤다.

아싸, 그럼 됐네~!!! 저금한 거 다 가져가고 학교도 짓고~!!!


나는 지퍼락을 가져다 지폐와 수백 개의 동전들을 담았다. 내가 빼돌린 돈을 제하니 대략 사십사만 원가량이었다. 나머지 돈은 찾아서 이제부터 모일 돈과 합쳐 여덟 살 때 다시 기부를 하기로 했다. 서로 머리를 맞댄 채, 등원시간에 쫓겨 서둘러 동전을 주워 담는 우리를 내려다보며 남편이 말없이 미소를 지었다.

등원 후, 유치원 담임선생님께서 전화를 하셨다. 깜짝 놀라셨다는 말씀, 중빈이에게 자극받아 당신도 큰맘 먹고 몇 만 원 넣기로 하셨다는 말씀, 아이들 기부활동이 길게 이어질 수 있도록 유니세프 견학 등을 계획하겠다는 말씀…….

나도 결심했다. 나만의 기부상자를 만들기로. 아이보다 더 (아, 이건 자신 없다) 아이보다 조금만 덜 열심히 상자를 채워보기로. 그리고 아이가 저금한 돈에는 이제 절대, 절대 손대지 않기로.

# 나란히
# 앞을 보고 앉는 일

까불다 아빠에게 꾸중을 들은 일곱 살 중빈. 한참을 조용하기에 방 안을 들여다보니, 우두커니 홀로 앉아 있다. 나도 마음이 무거워져 곁으로 가 앉는다. 아이는 나를 쳐다보지 않고 방바닥만 본다. 나도 아이가 보는 바닥만 본다. 한참을 멍하니, 그저 함께하고 있다.

마침내 아이가 깊은 한숨을 내쉬며, 느릿느릿 중얼거린다.

인생은 참 어려운 것 같아……
하고 싶은 거 다 못 하고……
갖고 싶은 거 다 못 갖고……
삶이 참 힘든 거 같아……
응.
아이는 어른 말을 들어야 하고……
어른은 또 아일 키워야 하고……

각자 다 힘든 게 있어······

응.

형 누나 오빠 언니들은 학원도 많이 다녀야 하고······

응.

공부를 많이 하는 거보다 몸을 맘껏 푸는 게 훨씬 중요한데······

응.

그래도 세상에서 젤 힘든 게 뭔 줄 알아?

엄마 아빠 없고 굶는 아이들이야. 그렇지 않아?

엄만 누가 가장 힘든 거 같아?

음······ 엄만 같은 고통도 사람 따라 정도가 달라지는 것 같아.

약한 사람은 작은 고통도 견디기 힘들어 하고

강한 사람은 엄마 아빠 없는 큰 고통도 잘 극복해내고.

가장 힘들어 하는 사람이 가장 힘든 사람이 되는 거 같아.

그 말도 맞네······

힘든 삶이지만······ 중빈인 어떻게 살고 싶어?

나는······ 우리가 만약 가난뱅인데

아주 엄청난 부자가 같이 살자고 해도

엄마 아빠를 떠나서 자기랑 같이 살자고 해도

누구를 고를 건지 알아?

누구?

엄마 아빠야.

다시 가난뱅이가 되도, 돈보단 마음이 훨씬 중요한 거니까.

중빈인 그렇게 살고 싶구나. 엄마가 참 고맙네.

엄마는? 누가 보물을 준다고 나랑 바꾸자고 하면?
세상의 모든 보물을 준다고 해도 중빈이랑은 절대 안 바꾸지.
정말?
응.
천 만원을 줘도?
응.
억 만원을 줘도?
응.
경 만원을 줘도?
응.
고마워!!!

뺨을 부빈다.

그런데 중빈이 눈이 왜 빨개?
너 우니?
응……
슬픈 이야길 하니까 자꾸 눈물이 나네.

아이가 내 어깨에 머리를 기대온다. 나도 아이 머리에 내 머리를 포갠다. 어느덧 껑충 내 귀까지 앉은키가 올라오는 아이. 이렇게 나란히 앉아 있노라면, 어째 나는 이 아이와 점점 오누이가 되어가는 기분이 든다. 하드를 반으로 뚝 잘라 나눠 먹거나, 돌이킬 수 없는 일에 대해 똑같이 투덜

대거나, 앞으로 벌어질 일에 대해서 말도 안 되는 공상 속에 낄낄대거나 할 때마다.

이렇게 나란히 앉아 있노라면, 윗사람도 없고 아랫사람도 없다. 지혜가 더 많은 사람도 더 적은 사람도 없다. 이야기를 하고 싶은 사람과 이야기를 듣고 싶은 사람이 있을 뿐이다. 위로가 필요한 사람과 위로를 주고 싶은 사람이 있을 뿐이다. 마음을 나누고 그로써 다시 힘을 내는 두 사람이 있을 뿐이다.

잠시 머리를 포개고 있던 아이가 기분이 좋아졌는지 벌떡 일어나 장난감 상자로 간다. 그 뒷모습을 보면서, 이제 시간이 더 흐르면 이 오누이 같은 기분마저 바뀌리란 포근한 예감이 들었다. 온전히 동등한 '두 친구'가 나란히 앞을 보고 앉아 있겠구나 했다.

# 엄마가 자란다

# 있던 그대로의
## 행복

아이가 다쳤다. 두 손으로 킥보드 핸들을 잡은 채, 얼굴을 바닥에 있는 힘껏 박았다. 사방이 피투성이가 되었고 두 동강 난 입술이 너덜거렸다.

응급실 한 켠, 입술을 꿰매는 동안 '기능인'에 그친 의사는 겁에 질린 아이에게 한마디 말도 걸지 않았다. 딱딱한 판 위에 인정사정없이 뉘인 뒤, 가죽벨트로 팔다리를 고정시켰다. 갈색 소독약을 입속에 들이붓고 붕대를 구겨넣었다. 아이는 숨을 쉬지 못해 입술이 파래졌다. 기침과 구역질을 번갈아 했다. 간신히 숨을 쉰 다음에는 비명을 지르며 몸을 흔들어댔다. 다섯 명의 어른이 들러붙어야 했다.

> 살려줘 제발 한 번만 날 봐줘 죽을 것 같아 답답해 죽을 것 같아
>
> 제발 한 번만 날 봐 아빠 나 좀 봐 나를 봐줘……

막상 바늘로 꿰맬 때의 고통을 아이는 기억하지 못했다. 아이가 기절할 듯 힘들었던 고통은 사전 예고 없이 입속으로 쏟아져 들어온 소독약과

얼굴을 덮은 천, 입속을 메운 붕대였다. 덜려면 덜 수 있었던 고통이었다.

병원에서 돌아와 기진맥진 자리에 누운 아이는 아빠로부터 그토록 가지고 싶어 했던 로봇을 선물 받았다. 양손 가득 파워레인저 로봇을 안고, 언제 아팠냐는 듯 '한번쯤 꿰맬 만한데!' 그런 미소를 짓고 있었다.

수시로 챙겨야 하는 약과 연고, 가글액들……. 그렇게 하루가 지나고 이틀이 지나고 아이는 유치원으로 돌아갔다. 비록 다른 아이들이 뛰어놀 때 혼자서 동화책을 보고 있어야 했지만 아이는 의기양양해져서 돌아왔다.

시내 반 애들 전부 내 입속에 있는 실을 구경했어!
선생님도 구경했어!
점심도 처음으로 일등으로 먹었어!


다른 아이들이 모두 밥을 먹을 때 혼자 빨대로 유동식을 먹었으니 당연한 것이겠지만, 점심 잘 먹었니 물을 때마다 "오늘도 백 등 했어……" 힘없이 대답하던 아이에게는 그 또한 큰 기쁨이 되어주었나보다.

퍼런 멍이 풀리고 핏자국이 희미해진다. 어마어마하게 부었던 상처가 아물면서 조금씩 이전의 입술 모양이 되돌아온다. 하루에도 여러 차례, 나는 아이의 입술을 바라보며 깨닫곤 한다.

때로 행복이란……
지금보다 나아지는 것이 아니라
그것이 행복인지 몰랐던 시절로,
있던 그대로의 원위치로 돌아가는 것이란 걸.

# 부암동

부암동으로 이사를 마쳤다. 지난 몇 주간, 그 어느 때보다 '공간'이란 개념에 사로잡혀 시간을 보냈다. 공간이 내게 말을 걸어왔기 때문이다. 그로 인해 내 마음이 설레었기 때문이다. 나는 이 공간과 무언가를 적극적으로 나누고, 주고받고, 만들어내고 싶어졌다.

이곳으로 이사하기 전 두 해는 아파트에서 살았다. 당시 사정이 있어 급하게 집을 구하던 중, 얼떨결에 소개로 얻어 들게 된 공간이었다. 아파트라는 공간은 매우 기능적으로만 존재했다. 뭐랄까, 연애로 친다면 매우 심드렁한 연애라고나 할까. 더러워진 몸을 닦고, 피로해진 몸을 누이고, 식은 음식을 데워줄 불이 있고, 필요한 물품들을 수납해주는 공간에 불과했다. 특별히 불화할 것이 없는 공간이었지만, 특별히 기뻐할 일도 벌어지지 않는 공간이었다.

어느 날 나는 남편에게 말했다.

이상한 일이야. 이곳은 내게 안락함을 주는 대신, 생기를 앗아가.
철저하게 닫힌 공간이어서, 내가 생명체로서
외부와 유기한다는 느낌이 전혀 들지 않아.
비가 와도 빗소리를 들을 수 없고,
바람이 불어도 불고 있다는 증거가 없어.
나는 어항 속에 갇힌 금붕어 같아.

공간은 공간대로 존재했다. 내가 아닌 그 어떤 안주인이 그곳에 살았다 하더라도, 그 공간은 같은 기능을 변함없이 제공했을 것이다. 나는 모든 여자에게 똑같은 내용의 무난한 연애를 거는 남자를 사랑할 수 있는 타입은 아니었으므로, 그곳에서 만 2년을 살면서 한 번도 그 공간에 마음을 주지 못했다. 공간과 나 사이에는 (당연히) 별다른 사연이 생겨나지 않았다. 우리가 흔히 "그건 시간 낭비였어"라고 말하듯이, 그 시기는 내게 '공간의 낭비'였다.

내가 부암동을 알게 된 지는 6년이 되었다. 지인의 소개로 처음 그 동네를 돌아본 후, 곧바로 사랑에 빠졌다. 아직도 서울 한가운데에 이런 곳이 있다니! 낡은 담벼락에 담쟁이 넝쿨이 얽혀 있고, 밤이면 인왕산 자락의 귀뚜라미와 소쩍새 울음이 창가에 넘실댄다. 귀퉁이가 닳아빠진 정사각형의 보도블록은 좁은 골목을 따라 오르락내리락, 눈이 아플 만큼 새파란 이끼들이 그 블록과 블록 사이를 비집고 자라나 있다. 집들은 대체로 오래전 붉은 벽돌로 지어졌고, 좁은 공간에서 짧은 공기에 맞춰 돈 냄새를 피우며 획일적으로 올라간 건물들은 그다지 많지 않다. 때리고 부수어 새로 짓기보다 있는 것을 조금씩 개조한다. 꽃화분을 가꾸어 대문 앞에 걸고, 함부로 쓰레기를 버리거나 방치하지 않는다. 비가 오는 날 인적이 드문 골목을 걷노라면, 누군가 촉촉하게 첼로를 연습하고 덩치 큰 개가 컹, 하고 짧게 짖는다.

한 장소의 특징은 그곳에 사는 사람들의 욕망에 대한 정직한 발현이기도 하다. 한 가정 내에서 TV가 놓인 위치, 꽂아놓은 서가의 책들, 더 세밀하게는 가족사진의 구도와 사진 속 인물들의 표정으로부터도, 그 구성원들의 욕망이 숨길 길 없이 드러나는 것이다. 좀 더 다수의 구성원으로 이루어지는 한 동네, 한 도시, 나아가 한 나라의 특징들 또한 이러한 일반

화의 굴레에서 자유로울 수는 없다.

따라서 조금 과장하자면, 이곳 부암동에 사는 사람들의 집과 공간에 대한 생각에는 공통된 것이 있다. 자연과 유기할 것, 그러기 위해선 느리고 불편함을 받아들일 것, 투기의 대상이 아닐 것, 필요한 만큼만 다듬고 고칠 것, 이웃을 포함한 주변과 조화로울 것…….

이러한 그들의 공통점은 동네에 단 두 개밖에 없는 부동산 사무실이 증명한다. 한 평 남짓, 허물어져가는 부동산 사무실의 문을 열면, 담배 연기가 자욱한 가운데 동네의 일없는 할아버지들이 모두 모여 화투를 치고 있다. 그리고 이곳 특징을 잘 모르는 고객에게 투박한 목소리로 조언해준다.

이 동네 사람들은 집도 잘 내놓지 않고, 전세도 별로 없어.
다 몇 십 년씩 산 사람들이라 개발되는 것도 싫어하고……

드디어 다시 부암동에 집을 얻었다. 지인의 소개로 이곳에 살며 아이를 낳았고, 부득이하게 떠난 지 3년 만에 되돌아온 것이다. 부동산 사무실이 제 기능을 못하는 곳이므로, 집을 얻기 위해 틈날 때마다 직접 들락거리며 정보를 수집해야 했다.

환기미술관 담벼락을 따라 접어들면, 좁은 골목 막다른 끝에 우리 집이 있다. 18년 된 낡은 빌라의 1층이다. 뒤쪽 산 위에는 가꿀 수 있는 텃밭이 있고, 앞으로는 돌보지 않아 황폐해진 매우 좁다란 정원이 있다.

그 작고 거친 정원, 그 정원 아래 행인으로부터 버려진 이끼 낀 골목, 그 골목을 거머쥐듯 서 있는 커다란 은행나무, 온통 창문을 열어두어도, 교묘하게 타인의 시선으로부터 자유로운 초록빛 주변의 전경…….

처음 이 집에 들어섰을 때 나는, 이 관대한 공간이 도시인에게 허락하는 느린 속도와 자애로운 자연의 손길에 감동 받아, 낮게 탄성을 질렀다.

이곳에서 사흘 밤낮을 보냈다. 아침에는 마당으로 나가 빨래를 넌다. 은행나무 그늘 밑 벤치에 앉아 아이에게 책을 읽어준다. 책을 다 읽은 아이는 돌멩이로 흙을 파고, 나는 머리를 헝클어뜨린 채 한껏 멍한 시선을 초록빛 전경 아무 곳에나 방심하며 던져둔다. 아이가 무심결에 뒤집은 돌 밑에서는 스무 마리의 쥐며느리가 달아난다.

귀뚜라미가 화장실 근처에서 예사로 길을 잃는다. 바람이 불면 거대한 나무들이 셀 수 없이 많은 이파리들을 후드득후드득 흔들어대고, 그 소리에 번번이 속으면서도 또 한 번, 비가 오는가 행복한 마음으로 창문을 내다보기도 한다.

지금 나는 오랜만에 '집'이라는 이름의 공간이 주는 황홀경에 취해 있다. 평소에 양말조차 빨래통에 제대로 넣을 줄 모르는 남편까지도 열심히 쓸고 닦으며 내게 행복한 얼굴로 자꾸 묻는다.





아이가 말한다.


엄마, 부암동은 서울이지만, 서울이 아니라고 그러자.
그리고 이렇게 부암동에서 나올 때는 '우리 서울 간다'고 그러자.
알았지?


작고 모나고 초라하지만, 그걸 잘 알지만,
그럼에도 내 마음이 그것에 흔들릴 때,
우리는 사랑이 시작되었다고 한다.
그 음미의 기쁨이 한동안 계속될 것 같다.

# 바람의 노래

아이가 배우는 바이올린 교본에는 CD가 딸려 있다. 우리는 종종 이 CD
를 함께 들으며 서로에게 갓 지어낸 이야기를 들려주곤 한다.

엄마는 이 곡을 들으면 아이들이 생각나.
좁은 골목을 힘차게 달려가는 아이들.
골목을 따라서는 집들이 있어.
모서리가 죄다 둥글어진 오래된 돌집들이야.

골목 중간중간에는 조그만 상점도 있어.
갓 구운 빵이나 달콤한 캔디를 파는 상점.
또 아이들이 가장 좋아하는 잡화점도 있지.
그곳엔 세상의 온갖 것들이 다 있어서
한 번 그곳에 들어간 아이는
해질녘까지 시간 가는 줄 모르고 진열된 물건들을 구경하곤 해.

아이들은 달리며 하늘을 올려다봐.
오늘처럼 파랗고 청명한 하늘이야.
바람은 기분 좋을 만큼 서늘하지만
아이들의 옷깃은 벌써부터 땀에 젖어 있어.
골목은 높았다 낮아지고 또 낮았다 높아져.

숨이 턱까지 차오르면서도
아이들은 그대로 끝까지 달려갈 수 있다고 생각해.
끝이 어디인지도 모르면서,
모르니까 더더욱 끝이 멀다고 생각지 않아.

그 무리의 맨 끝에는 너처럼 작은 꼬마가 있어.
아무리 애를 써도 다른 형이나 누나를 따라잡을 수가 없어.
그래도 아이는 달리기를 멈추지 않아.
잡을 수 없을 거라는 초조함과 함께한다는 위안 사이에서
이제 막 세상살이의 단단함을 배우고 있지.

때마침 뭉툭한 슬리퍼가 벗겨져.
꼬마는 슬리퍼를 집을까 그대로 달릴까 망설이다가
슬리퍼를 집으러 멈춰 섰어.
아이들은 금세 시야에서 사라졌지.
슬리퍼를 손에 들고 꼬마는 울기 시작했어.

그때 어떤 할머니가 꼬마에게 다가왔어.

할머니는 작은 돌집 창문으로 꼬마를 보고 있었던 거야.

할머니가 꼬마에게 말했어.

걱정 말아라, 아가야. 형 누나들은 곧 돌아온단다.

네가 없다는 걸 깨달으면 반드시 돌아와. 울지 말거라.

할머니는 꼬마에게 새콤달콤한 레모네이드를 만들어주셨어.

꼬마는 흙투성이 작은 손에 유리컵을 쥐고

홀짝홀짝 마시기 시작했어.

컵 속으로 아직 가쁜 숨을 내뱉으면 컵은 온통 흐려졌고

채 녹지 않은 설탕이 입속으로 흘러들어왔어.

그러자 곧 기분이 좋아졌어.

덩달아 눈물도 그쳐버렸지.

가만히 앉아 있노라니, 바람이 시원하다는 걸 알 수 있었어.

하늘이 그 어느 때보다 파랗다는 것도.

또 주변이 까맣게 고요하다는 것도.

고요함 속에 혼자 있다는 것은

생각처럼 무섭지도 지루하지도 않은 일이었어.


자신의 가쁜 숨소리가 완전히 잦아들어 고요 속에 파묻혔을 때

꼬마는 바람이 잠깐 불어준 휘파람 소릴 들을 수 있었어.

짧아서 따라하기 좋은 노래였기에

꼬마는 흥얼대며 바람의 소리를 전했어.

얼마나 시간이 흘렀을까.

멀리서 형과 누나들이 뛰어오는 재빠른 발소리가 들렸어.

누군가 한 번쯤 자신의 이름을 부르는 것도 같았어.

그들의 빠른 발소리만큼이나 빠르게

꼬마의 가슴도 벅찬 행복감으로 솟아올랐어.


그들이 내 앞에 발걸음을 멈추면……

꼬마는 생각했어.

설탕이 아직 묻어 있는 이 유리컵을 자랑하리라.

그리고 지금 막 배운 바람의 노래를 들려주리라.

꼬마는 어쩐지 쑥 키가 자란 것 같았어.
그들이 없는 비밀의 순간에
그들이 아직 모르는 걸 먼저 알아냈단 생각이 들었기 때문이야.

이젠 헉헉대며 무리의 맨 뒤를 쫓다 우는 일 같은 건
안 해도 좋을 것 같았어.
뜀박질이 힘들어지면
그저 고요한 곳에 홀로 멈추어 서서
서늘한 바람의 휘파람 소리에 귀 기울이면 좋을 것 같았어……

오늘 아침, 아이는 내 이야기가 끝난 뒤에도
한참을 그대로 누워 있었다.
하늘 저 먼 곳에 눈길을 던져두고서.
때마침 바람도 불었으니, 나보다 한결 귀 맑은 아이는
어쩌면 그 휘파람 소리를 듣고 있었는지도 모르겠다.

# 부암놀이방

아이 유치원이 방학을 하면, 부암카페는 개점폐업이다. 대신 하루건너 한 번꼴로 부암놀이방이 차려지곤 한다. 놀이방에 등원하는 아이들 수는 적은 날 두 명, 많은 날은 일곱 명까지.

아이들이란 의외로 눈치가 빠른 존재들이어서, 새로운 환경에 던져졌을 때 30분 안쪽으로 그 환경의 새로운 룰을 감지한다. 이를테면 이런 것들. 부암놀이방에서는 쿵쾅쿵쾅 마구 뛰어도 된다. 원하는 만큼 소리를 높여도 좋다. 또, 부암놀이방에서는 선반의 물건을 다 내려도 좋다. 심지어 가구를 옮겨도 좋다. 그러나 이곳에서는 컴퓨터게임을 할 수 없다. DVD나 TV도 보지 않는다. 대신 골목놀이를 권장한다. 저녁식사 시간을 빼면, 웬만해선 어두워져도 부르지 않는다…….

아이들은 금세 새로운 룰에 익숙해진다. "여긴 왜 TV가 안 나와요?" 하며 불안하게 어슬렁대던 아이들도 30분쯤 지나면 창틀에서 뛰어내리거나, 소방차 사이렌만큼 괴성을 지른다. 선반에 올라가 있던 물건들이 모조리 내려오고, 바닥에 더는 발 디딜 틈이 없어지면 아이들은 비좁은 실내를

피해 밖으로 나간다. 나갈 때면 허리에 하나씩 칼을 꿰찬다.

5분만 지나면 개중 한 녀석이 들어온다.

아줌마, 나 무기 바꾸러 왔어요!

또 5분이 지나면 다른 녀석이 들어온다.

아줌마, 나 물 !

다음 녀석은 보나마나 "아줌마, 나 쉬!"다.

그렇게 한참을 뛰어놀다보면, 어느새 장난감은 다 반환되어 있다. 대신 맨몸 골목놀이가 시작된다. 밖에 머무는 시간이 많아질수록 놀이도 절정에 이른다.

차와 장난감이 많은 세상에서 태어나 좀처럼 바깥놀이를 해보지 않은 요즘 아이들. 처음엔 자꾸 들어와 장난감을 어루만지고 싶어 한다. 그러나 장난감놀이에는 여러 가지 함정이 있다. 시작부터 누가 더 좋은 것을 차지하는가에 대한 다툼이 있고, 몸을 덜 놀리며 놀게 되니 에너지를 덜 소비시키는 미진함이 끝까지 남는다. 무엇보다도, 일단 장난감이라는 '이미 용도가 결정된' 소재가 주어지면, 아이들의 상상력도 그 소재에 따라 제한되기 십상이다. 몸과 자연이라는 천연소재를 사용하여 무에서 유를 창조해내는 바깥놀이와는 '놀이의 크기'가 근본적으로 다르다.

바깥놀이에서 아이들은 숨이 턱에 차오르도록 뛰면서 스스로 자신의 한계를 실험해볼 수 있는 큰 활동을 하게 된다. 지속적으로 한계를 실험해본 아이들만이 한계를 넓혀갈 수 있다.

또 세 번째 계단에서 뛰어내릴 것인가 네 번째 계단에서 뛰어내릴 것인가와 같은 극적인 의사결정의 순간을 맞이하게 된다. 긴장상태에서 자신에게 오롯이 맡겨진 결정을 두려워하지 않는 아이들만이 성인이 되어서도 흔들림 없는 목표를 갖게 된다.

지나치던 것들에 대한 재발견 또한 바깥놀이의 소중한 요소이다. 내가 보지 못했던 것들을 친구가 내게 보여주며, 친구가 보지 못했던 것들을 내가 보여준다. 짧은 지식이 교환되고, 짧은 지식으로 해결되지 않는 부분에는 순수한 궁금증이 남겨진다. 밖에서 생긴 궁금증을 안으로 가지고 들어와 어른에게 물어도 좋고 책을 뒤적여 답을 찾아도 좋지만, 궁금증은 '궁금해 했던' 것만으로도 충분한 의미를 가진다.

무엇보다도, 바깥놀이에서 아이들은 팀웍을 배운다. 실외라는 큰 놀이터에서는 숫자가 많아질수록 더 많은 것들이 가능해진다. '함께' 해야 가능한 것들을 위해 아이들은 기꺼이 싸우고 타협하고 존중하고 개선한다.

이 뜨거운 여름, 바깥놀이를 마치고 돌아온 아이들을 나는 언제나 개선장군처럼 맞이한다. 아이들의 목과 팔꿈치 안쪽에 쫘악 줄 그어진 땟국이나, 비 맞은 생쥐처럼 땀 젖은 머리칼을 훈장처럼 맞이한다. 존경스럽지 아니한가. 그늘 속에 숨어 한 발자국도 나가고 싶지 않은 무더위에도, 녀석들은 두려움 없이 나아가 아낌없이 몸과 마음을 쓰고 세상을 익힌 뒤 돌아왔으니.

부암놀이방의 주인장으로서, 아이들을 위해 '특별히' 준비하는 것은 없다. 그저 무얼 하든 내버려 두고, 실내놀이가 소강상태에 빠졌을 때 "이제 좀 나가 놀지?" 할 뿐. 평범한 끼니와 간식을 차려주고, 아이들의 희한한 이야기 변주가 문지방을 넘어올 때 공짜로 들으면서 혼자 쿡쿡 웃거나 할 뿐.

야, 나 요즘 고추 많이 커졌다!
어디 봐봐.
우와, 진짜!
나도 커졌는데.
어디? …… 우와!
야, 누구 게 젤 큰 거 같냐?
얘 거.
아냐, 내 거야.
아냐, 내 거야.
야, 우리 이러지 말고 아줌마한테 가서 보여주자.
가서 누구 게 젤 큰지 뽑아 달라고 하자.

물론 '자잘한' 할 일은 계속 생긴다. 닦아야 할 물감 찍힌 우유 잔이 끝도 없이 나온다. 한 끼 먹고 나면 방바닥에 소나기처럼 밥풀이 떨어져 있으며, 한 녀석의 무르팍을 응급처치 해주고 나면 다음 녀석이 뛰어나와 '긴급' 상황보고를 한다. 주인장은 어쩔 수 없이 종일 해산어미처럼 헝클어진 머리를 질끈 묶고, 누가 볼까 무서울 만큼 번들번들한 얼굴에 땀을 흘린다.

하지만 내게도 가장 즐거운 순간이 있으니, 그것은 역시 개선장군들이 돌아왔을 때 그들을 씻기는 일이다. 일단 욕조에서 한바탕 물놀이를 하게 한 뒤 순서대로 똥꼬까지 비누칠하고 샴푸하고 머리를 빗겨주노라면, 그때 "아싸, 끝났다!" 외치며 한 녀석씩 욕실 밖으로 뛰어나가는 뒷모습을 바라보노라면 문득, 기분 좋게 깨닫게 된다. 방금 어느 것이 내 아이의 머리통인지 의식하지 못한 채 머리를 빗겨주었다는 것을. 지금 야단법석을 피며 팬티를 주워 입고 있는 녀석들 가운데, 누가 내 아이인지 잘 분간이 되지 않는다는 것을.

천 명의 아이들 속에 숨겨져 있다 해도 눈을 감고 냄새만으로도 찾아낼 수 있는 내 아이가, 어느덧 천 명의 다른 아이와 똑같게 느껴지는 바로 그 순간, 내 것과 네 것의 경계가 허물어지고 차별 없이 소중해지는 그 황홀한 순간, 늘 익숙하게 내 것과 네 것을 구분하던 부암놀이방 주인장의 비좁은 가슴은 고마움으로 가득 차오른다.


천  명  을  품  은  듯

행  복  해  진  다 .

하루에도 여러 차례,
나는 아이의 입술을 바라보며 깨닫곤 한다.

때로 행복이란……
지금보다 나아지는 것이 아니라
그것이 행복인지 몰랐던 시절로,

있던 그대로의 원위치로
돌아가는 것이란 걸.

# 날개돋이를
## 지켜보다

이즈음 아이는 탈피한 매미의 허물을 흔하게 발견한다. 허물은 늘 빈 채였다. 그리고 오늘, 밤 산책길에서 또 하나의 허물을 발견했다.

그런데 이번엔 허물 지척에 아직 물기가 다 마르지 않은 매미가 있었다. 벽에 꿈쩍 않고 달라붙은 채 날개돋이를 시도하고 있었다. 큰 날개가 반쯤 펴져 있었고, 작은 날개는 아직 큰 날개 속에 숨어 보이지 않았다.

우리 날개돋이 보고 가자!

아이는 신이 났다.

오래 걸릴 텐데……

내가 망설인다.

그래도! 응?

우리는 그렇게 늦은 밤 북악스카이웨이 한구석에 주저앉았다.

매미의 빈 허물을 들여다보는 일과 그 날개돋이를 지켜보는 일은 완전히 다른 차원의 일이라고 생각한다. 하나는 산문이고 하나는 시이며, 하나는 부분이고 하나는 전체다. 하나는 흔적이고 하나는 생명이며, 하나는 과거이고 하나는 미래다. 그런 순간을 목도할 수 있는 경험은 우리 생에 많지 않다.

귀뚜라미 울음이 한창이었고, 바람은 때 이른 가을의 청량함을 담고 있었다. 어쩌자고 이 매미는 몇 년씩 어둠 속에서 오늘만을 기다리다가 이렇게 뒤늦게 날개돋이를 시도하는가.

한  시 간 이   지 났 다.

산책에 따라 나온 지수가 집으로 돌아가고프다며 컹컹 짖는다. 노래기 한 마리가 수십 개의 다리를 흐느적대며 내 바지 속으로 기어들어왔다.

모기는 목덜미에서 앵앵거린다. 몇 번씩 들여다보아도 날개돋이는 조금도 진전이 없다. 매미에게는 흥분되고 진지한 순간의 연속이겠건만, 내게는 커다란 개 지수를 달래고, 덤벼드는 모기를 잡는 지루한 시간의 흐름이다.

그러나……

세상의 모든 아이들은 신비한 존재들이다. 아이와 매미에게는 같은 시간이 흐른다. 아이는 처음 매미를 발견한 그 흥분 그대로 한 시간 내내 매미에 대해 떠든다.

매미가 나온 구멍은 어디일까?
좀 더 밝아서 찾아볼 수 있으면 좋겠어.
저렇게 꼼짝 않고 있으면 새들이 잡아먹을 텐데.
그래서 새들이 잠자는 밤에 날개돋이를 하나봐.
엄마는 처음 저 매미를 보았을 때 기분이 어땠어?
난 백 번 천 번 기절할 것 같았어.
매미 얼굴을 자세히 봐.
꼭 사람의 얼굴 같지 않아?
우리가 자꾸 쳐다보니 긴장하고 있어……

아이와 나는 계속해서 이야기를 나눴다. 실제로 많은 매미들이 채 날아보기도 전에 죽는다는 것을, 그래서 곤충들은 많은 알을 낳는다는 것을, 그렇게 위험 속에서도 대대로 생명이 이어진다는 것을, 지구상의 모든 생명들이 그러하다는 것을, 사람도 마찬가지라는 것을, 우리가 늙어 죽은 뒤에도 이곳 같은 자리에서 자신처럼 호기심 많은 아이가 똑같이 웅크린 채 매미의 날개돋이를 지켜보고 있을 거라는 것을, 아이는 그 작은 나름으로 이해했다.

두  시 간 이  지 났 다.

　자정이 되었고 인적은 사라졌다. 아직도 매미의 작은 날개는 숨겨진 채 그대로였다. 서늘한 바람이 불 때마다 매미는 지독히도 끈질긴 관중을 위해 감질나게 날개를 슬쩍 들썩이기도 했지만, 그저 그뿐. 그때마다 아이는 전율하고 한숨 쉬고 전율하고 또 한숨 쉰다.

아이야.
너는 태어나 처음으로 날개돋이를 바라보고 있지.
엄마는 몇 번 그것을 본 적이 있단다.
네 꼭 쥔 주먹이 처음 펴질 때,
네 힘없던 다리가 처음으로 직립을 견딜 때,
그침 없던 옹알이가 최초로 음절을 만들어낼 때,
엄마는 그것을 보았단다.
지금의 너처럼 전율하고 한숨 쉬고 전율하고 한숨 쉬면서.
실은, 네 날개돋이가 아직도 끝나지 않았지.
네 숟가락에 놓이는 김치의 크기가 점점 커져가고,
네가 읽는 동화책의 글자 수가 점점 많아지고,
네가 뛰어내리는 계단도 점점 높아만지지.
매미의 날개돋이가 매양 제자리인 듯 보이지만,
엄마가 눈치 채지 못하는
또 한 겹의 주름이 지금 이 순간 펴지고
또 펴지고 또 펴지고 있듯,
매양 같은 밥그릇을 닦아서 제자리에 올려놓는 일이
엄마를 지치게 해도,

또 다 시  삼 십  분 이  흐 른 다.

순찰 도는 경찰차가 길거리에 주저앉은 수상쩍은 우리 곁에서 정지하다시피 속도를 늦추다가 떠나간다. 매미를 바라보는 아이의 눈에 졸음이 온다. 집까지는 아직도 1킬로미터가 넘게 남아 있고, 바람은 졸린 아이 팔뚝에 으스스 소름을 잔뜩 돋워놓았다.



유난히 밝은 보름달이었다. 유난히 청량한 늦여름 바람이었다. 매미의 집중을 돕기 위한 듯, 사위는 유난히 고요하였고 갓 허물을 벗어버린 어린 매미는 유난히 아름다운 연둣빛이었다. 그리고 뒤돌아보니, 어쩔 수 없이 내 뒤를 따르는 졸리운 아이는 유난히 고운 얼굴이었다.

지수가 목끈을 팽팽히 잡아끄는 것을 모른 척하고 나는 잠시 그대로
서서 눈을 감았다. 달빛 아래 펼쳐진 그 모든 아름다움들이, 잔잔한 기도
처럼 고스란히 가슴속을 파고들었다.

# 흔적

재령이는 동네 어귀 할머니슈퍼의 손녀딸이다. 나이는 열 살. 부암동에서 나고 자랐다. 유난히 크고 맑은 눈을 지닌 아이다. 북악스카이웨이를 따라 새로 난 산책길로 아이와 함께 나비채를 들고 나서는데, 재령이가 그 큰 눈을 빛낸다.

나도 가요. 할머니한테 여쭤보고요.

언젠가 슈퍼 할머니가 자그만 화분을 가리키며 말씀하셨다.

재령이가 갖다 심은 거야. 예쁘지?

라벤더빛 들꽃이었다. 시키지도 않았는데, 재령이 혼자 산에 가 놀다 가져왔다고 했다. 밤낮으로 열심히 물을 주며 돌본다고 했다. 요즘 아이답지 않은, 참 기특한 취미를 가졌구나 했다.

누나와 함께 산책을 나서게 된 중빈은 더 신이 났다. 둘이는 제각각 손에 쥔 나비채를 휘두르며 나비를 좇는다. 순식간에 하늘로 솟아오르는 나비를 낚아채기에는 둘 다 너무 키가 작다. 아이들은 요령 없이 나비채를 바삐 흔들며 "잡았다! 아니, 놓쳤다!"를 반복한다.

재령이가 앵두나무가 많은 곳으로 나를 안내한다. 한 번도 가보지 않은 곳이었다. 우리는 앵두를 조금씩 따서 입에 넣고 우물거린 뒤 씨를 뱉는다. 재령이는 참 아는 것이 많았다.

어, 대나무네! 이곳에 대나무가 많아지면
다른 나무가 살 수 없을 텐데.
아세요? 대나무는 육십 년마다 한 번씩 꽃을 피워요.
그런데 그때 대나무가 죽기도 하는 이유는……

맞는 말인지 틀린 말인지 상관없이 나는 응…… 응…… 하며 들었다. 여자아이가 쉴 새 없이 떠드는 것에는 익숙하지 않지만 일단 그 리듬에 적응하면, 감탄하게 된다. 때로는 숨도 쉬지 않고 비트를 넣는 불굴의 래퍼 같기도 하다. 내가 묻는다.

그 많은 것을 다 어디서 배웠니?
할아버지한테서요. 할아버지랑 산에 자주 왔어요.

재령이가 대꾸한다.

그리고 또 아이는 입을 다물 새가 없다. 볼 것 많은 백사실 계곡에 접어들어서는, 아이들이 한 걸음 떼는 데에도 한나절이 걸린다. 도롱뇽 시체와 올챙이 떼와 부지런히 길을 건너는 달팽이들 때문에…….



아이들은 달팽이를 길에서 들어올려 어디에 놓아주는 것이 가장 안전할까, 아는 지식을 총동원하여 토론을 벌인다. 올챙이를 손으로 잡아 나비채에 넣고서도 나비채 그물의 어느 부분을 어떻게 물에 담가야 올챙이가 가장 숨 쉬기 편안할까 또 토론을 벌인다. 그리고 곧 놓아준다. 나비를 잡았을 때도 마찬가지였다. 서투르게 토론을 벌이며, 그물 속 나비를 더 편하게 해주느라 결국 날렵한 나비가 날아가버리고 말았지만, "에이~ 날아가버렸다!" 한 번 아쉽게 얼굴을 찡그리면 그뿐이었다.

아이들에게 그것들을 잡아서 어떻게 하겠다는 생각 같은 건 처음부터 없었다. 그저 잡는 행위가 즐거웠고, 잡았으니 즐거움은 완성된 것이다.

비가 온 뒤의 산길은 촉촉했다. 해가 뉘엿뉘엿 지고 있었고, 아이들이 입을 다물 때면 주변은 고요했다. 때 이르게 누래진 아카시아잎들만이 발밑에서 자근자근 숨을 죽였다. 나는 아이들에게서 한 걸음 물러나 그저 바라보고만 있었다. 어쩐지, 나는 그 애들과 다른 시간을 살고 있는 사람처럼 느껴졌다. 아이들은 '지금 이 순간'의 동작에 몰입하고 있는데, 내가 몰입하게 되는 것은 '통시적인' 시간의 흐름이다.

재령이에게는 재령이의 할아버지가 크게 녹아 있다. 그 아이의 말과 동작, 생각과 꿈속에 모두 한데 녹아 있다. 건강이 좋지 못한 할아버지에게 남겨진 시간이 비록 얼마 되지 않는다 해도, 그의 '흔적'은 재령이에게 고스란히 남아 있게 될 것이다. 재령이에게 전달된 그 흔적은 다시 재령이의 아이들을 통해 남겨질 것이다. 마찬가지로, 내가 나도 모르게 물들인 흔적을 짊어지고 중빈은 내가 없는 세상을 저 홀로 걸어갈 것이다.

묘한 기분이었다. 나는 마치 이 세상 사람이 아닌 양, 두 아이를 바라보았다. 마침 그들이 다투거나 해치지 않고, 열심히 작은 생명들을 돌보는 순간이어서, 평안하였다…….

우리가 흔히 말하는 죽음이란 의학적인 죽음일 뿐, 사실상 우리는 그렇게 영원한 삶을 누린다. 혹은, 그 영원한 흔적의 중간전달자로서 잠시 잠깐 산다.


영원한 삶이든,
영원한 흔적을 위한 잠시 잠깐의 삶이든,
그러기에 더더욱 최선을 다해야 하는 이유로서는
충분하다.


두 아이들, 텅 빈 나비채를 들고 나풀나풀 언덕을 내려간다.

# 네 차가운 뺨

이른 저녁, 몇 번이나 곁에서 어슬렁대던 아이는
일하느라 건성으로 응대하는 엄마를 떠나
제 방으로 들어가버렸다.

한참 뒤 방문을 열어보니
방바닥에 누워 잠들어 있다.
침대로 옮기려 안아들자
내 팔에 닿는 그 뺨이 차다.

아이에게 귀찮은 맘이 있었던 날 밤
자는 아이를 바라보면 더 애틋해진다.
공연히 찬 뺨에 입술을 대고
오래오래 엎드려 있다.
미안함이 옅어질 때까지

오래오래 아이를 느끼고 있다.


이마에서 흐릿한 땀내가 나고
뺨에서 볕에 익은 살내가 난다.
쉼 없이 콩닥거리는 작은 심장이,
멀쩡한 스무 개의 손가락과 발가락이,
감사하고
감사하고
또 감사해진다.


이토록 귀하고 고마운 너일진대,
어째서 엄마는 네가 열 번을 불렀을 때
그 반만큼만 간신히 눈을 맞춰줬을까.
어째서 네가 눈짓으로 몸짓으로 같이 놀고 싶다 했을 때
삼십 분 뒤에 했어도 좋을,
귀하지도 고맙지도 않은 그저 그런 일을 마저 마치려
모르는 척 미련스레 돌아섰을까.


내일 아침은 네가 눈뜨자마자
잃어버린 그 삼십 분을 온전히 네게 주리라.
가슴 가득 차오른 이 귀함과 고마움을
토실토실 둥글둥글 빚어 네게 굴리리라.
너는 금세 놀이의 시작을 알아채고

씨익 웃으며 그것을 받아들겠지.
찬 바닥에서 혼자 잠든 서러움 같은 건
어느새 멀리멀리 놓아 보내겠지.

때늦은 다짐을 하는 동안 차가웠던 아이의 뺨이
다 시    따 뜻 해 진 다 .

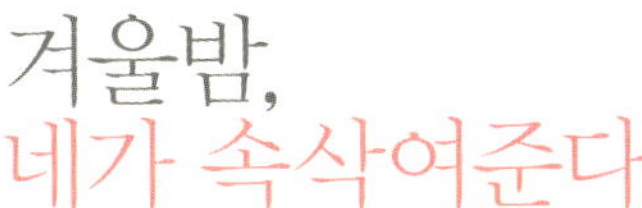

# 겨울밤,
## 네가 속삭여준다

겨울이었다. 밤이 오고 있었고, 차가운 집 안의 공기도 정적 속에 함께 죽어 있었다. 뒤늦은 낮잠에서 깨어난 네가 비칠비칠 나를 향해 걸어온다. 집 안의 공기가 움직이기 시작한다. 공기가 움직이자, 훈훈해지기 시작한다.

너는 잠시 안겨 있다가, 베란다로 가 창밖을 내다본다. 이제 1미터만큼 자란 너는 하얀 내복을 입고, 검은 어둠을 배경으로 그렇게 한참 서 있다. 그리고 다시 내게로 돌아와 속삭여준다.

엄마, 안개 낀 밤에 깨어나는 건 정말 멋진 일인 것 같아.

또 다른 겨울밤이었다. 버스를 타고 어딘가로 향하고 있었다. 나는 목이 따끔거렸고, 열이 올랐다. 늦은 시간에도 버스를 타고 처리할 일이 남아 있다는 것에, 다소 우울해져 있었다. 그때 창밖을 내다보던 네가 나를 바라보며 속삭여준다.

엄마, 깜깜한 밤에 버스를 타는 것은 정말 좋은 일이야.
거리에 사람들이 많이 있고,
나는 많은 사람들이 지나가는 걸 보는 게 좋아.

이 겨울밤, 네가 뱉어내는 마법의 말들로 인해 순간적으로 차가운 것이 데워지고, 순간적으로 휑한 것이 아늑하게 채워진다.

이런 생각을 해본다. 누군가에게, 더도 덜도 말고 딱 두 명의 사람이 항시 곁에 존재한다면 그는 늙지도 병들지도 않을 것이다. 그의 '영혼'이 얼마나 아름다운가 때때로 일깨워주는 사람과 '세상'이 얼마나 아름다운가를 때때로 일깨워주는 사람.

운 좋게도, 내게는 그중 한 사람이 곁에 있다. 세상이 얼마나 아름다운가를 일깨워주는 작은 친구. 이 작은 친구의 말에 귀를 잘 기울인다면, 누군가 내 영혼이 얼마나 아름다운가 일깨워주지 않을지라도, 스스로 영혼의 고결함을 유지하기 위해 애쓰며 살아가게 될 것이란 생각이 든다. 그렇다면야, 병들고 늙어가는 것도 나쁘지 않겠지.

# 아이에게 좋은 것과
## 아이가 좋아하는 것

시작은 '파워레인저'였다.

아이의 꽃잎처럼 어여쁜 입에서 금쪽같은 은유와 비유가 멈추더니 대신 "죽이자"와 "공격하자"와 "박살내자"가 쏟아져나왔던 것이. 집에는 TV가 수신되지 않지만, 짬짬이 이웃이나 친구 집에 가서 보고 온 프로로부터 나머지 언어생활을 점령당했던 것이다. 이전에는 멍하니 있다 싶으면 곧 "왜 사람이 사람을 미워하는 걸까?" 같은 심오한 질문을 던지더니, 이후에는 멍하니 있다 싶으면 곧 "○○가 △△를 뒤에서 공격할 때 어떻게 했는 줄 알아?" 같은 질문을 던졌다. 마치 파워레인저의 자극적인 장면과 서사가 아이의 머릿속에서 밤낮 맴도는 듯했고 아이는 더 이상 스스로 '생각'하기보다 본 것을 '복사'해내기 바쁜 듯했다.

쉴 새 없이 쏟아지는 그러한 질문에 이전과 같은 열의를 지니고 대답하기란 쉬운 일이 아니었다. 나는 때로 한숨을 쉬었고, 때론 걱정스런 표정을 지었으며, 급기야 "엄마는 맨날 싸우기만 하는 파워레인저를 별로 좋아

하지 않아"라고 말해버리고 말았다. 내가 잘 적응이 되지 않는 사이 파워
레인저는 쉽게 새끼를 쳤다. 유켄도, 가브타크……. 장난감과 연대하여 아
이들의 동심을 사로잡는 그들의 상업성은 끝이 없는 것 같았다.

그 무렵 아이는 본 것을 열렬히 말하고자 하다가도 "아, 엄마는 파워
레인저를 싫어한다고 했지" 하며 아쉽게 입을 닫았다. 하지만 채 1분이 지
나지 않아, 대신 유켄도에 대해 말하기 시작했다. 유켄도에 대한 반응도 심
드렁하자, 아이는 말했다.

어쩌면 엄마가 가브타크는 좋아할지도 몰라.
그건 별로 폭력적이지 않거든.


그쯤에서 나는 마음을 고쳐먹기로 했다. 새로운 사실을 깨달았던 것
이다. 아이가 그토록 열심히 파워레인저나 유켄도에 대해 말했던 것은 반
드시 그 영상이 머릿속에서 떠나지 않기 때문만은 아니었다는 것을. 제가
좋아하는 것을 어떻게든 엄마에게 전하고, 엄마를 거기에 끌어들여 함께
나누고 싶었기 때문이었다는 것을.

나는 일부러 날을 잡아 TV가 나오는 집에 놀러 갔다. 그리고 아이 곁
에 앉아 처음부터 끝까지 아이가 좋아하는 프로그램들을 함께 보았다. 보
는 동안 프로그램에 대한 판단은 중지했다. 중요한 것은 거기에 아이가 원
하는 무언가가 있다는 것이었고, 아이가 그것을 열렬히 원한다는 것이었다.

엄마, 쟤가 유건이야. 유건의 무기는 뭐냐 하면……
봤어? 쟤는 유령이야. 하지만 친절하게 생겼지?……

엄마를 TV 앞에 앉힌 아이의 흥분된 설명은 끝이 없었다. 다 보고 나면 아이는 꼭 물었다.

어때, 엄마? 내가 좋아할 만하지 않아?

곁에 앉아 있는 동안, 나는 미안한 마음이 들었다. 세상에는 아이에게 좋은 것과 좋지 않은 것이 있다. 그리고 그것과 무관하게 아이가 좋아하는 것과 좋아하지 않는 것이 있다. 어미로서의 나는 아이에게 좋은 것을 아이가 선택하기를 바라지만, 실은 아이가 그렇지 않은 것을 선택한다 하더라도 스스로 내린 결정을 존중해줄 의무가 있다. 아이는 이미 내 품을 떠나 독립적인 인격체로서 자신만의 '기호'를 만들어가고 있었고 내가 할 수 있는 일은 그 기호를 조정하는 것이 아니라, 그것이 지나치게 편향되지 않도록 조절해주는 정도의 것이라는 것을 깨달았던 것이다.

그리고 또 고마운 마음이 들었다. 자신이 가장 좋아하는 것을 다른 누구보다도 엄마와 먼저 나누고 싶어 했던 것. 그토록 자신이 좋아하는 것에 일자무식인 엄마를 쉽사리 포기하지 않고 끝끝내 끌어들이려 했던 것이.

엄마와 나누고 싶어 할 때 풍성히 나누지 않으면 아이는 언젠가 문을 닫는다. 조금 더 크면 '슈퍼주니어'와 같은 아이돌 스타가 든 방의 문을 닫을 수도 있고, 심각하게는 마음속에 든 문제의 해결방법에 대한 문을 닫아버릴 수도 있다. 우리는 늘 아이가 커서 어느 날 갑자기 방문을 쾅 닫아버린다고 말하지만, 실은 우리가 먼저 무관심이란 이름으로 방문을 닫아버렸는지도 모른다. 소통되지 않는 것에 대한 절망감을 먼저 안겨주었는지도 모른다. 파워레인저처럼, 기억조차 희미한 어린 시절의 사소한 첫 단추를 무관심으로 채워버리면서…….

그날 이후, 나는 아이의 질문에 차별을 두지 않았다. "사람은 왜 죽지?"와 "드래곤 블래스터를 강화하는 법 알아?"에 똑같은 관심으로 응대했다. 또 각 프로그램의 오프닝 곡 정도는 아이와 함께 인터넷에서 검색해서 외워 불렀다. 아이가 록커처럼 미친 듯이 불러 제낄 때면 나도 숟가락을 손에 쥐고 목청껏 불렀다. 억지로가 아니라, 그때마다 넘쳐나는 아이의 에너지에 즐겁게 취해서. 설거지를 할 때면 나도 모르게 파워레인저를 흥얼거리고 있기도 했다. 그러면 아이는 어느덧 내 곁에 와서 씨익 웃으며 자동으로 이중창을 만들곤 했다.

유쾬도는 다시 새끼를 쳐서, 모아도 모아도 끝이 없는 유희왕 카드로 넘어왔다. 나는 이제 아이가 특별히 아끼는 카드의 공격력과 방어력쯤은 암기하고 있다. 그 복잡한 카드의 사용법에 대해서는 여전히 머리가 잘 돌아가지 않지만. 아이가 친구와 새로 바꾼 카드에 대해 조잘댈 때마다 마음속으로 생각한다.

가장 좋아하는 것을 내게 가장 먼저 와서 이야기해주다니,
참 고맙구나.
이제 곧 커 그러지 않을 날을 생각하면,
이 순간이 참 소중하구나……

# 걱정일랑 접어두고

중빈이 친구 A, B와 함께 모여 노는 날이었다. 그날의 모임은 A의 집에서 이루어졌는데, 내가 A네 들어갔을 때 이미 A 엄마와 B 엄마는 대화가 한창이었다. 평소 그들의 주된 관심사는 교육이었고, 그날도 그러했다.

A 엄마는 A가 영어학습지를 자음과 단모음까지는 곧잘 해왔으나, 장모음이 등장하고서부터 갑자기 어려워하기 시작했다며 걱정이었다. 학습지 할 시간만 되면 자꾸 딴청을 피운다는 것이었다. 아이가 펼쳐놓은 학습지를 살펴보니, 당연한 일이겠지만 '장모음을 가르치겠다는 의지로 가득 찬' 참 지루한 내용이었다. 일곱 살 아이의 연약한 의지가 그 학습지의 뚜렷한 의지에 부합하기란 어려워 보였다. 지리한 커리큘럼을 단모음까지 잘 따라온 것만으로도 내겐 퍽 대단하게 여겨졌다.

우리 생각엔 단모음과 장모음이 거기서 거기 같지만,
아이에겐 큰 차이일 수도 있어.
일단 어려워하니, 좀 시간을 두고 지켜봐.

A의 엄마에게 그렇게 말했지만, 그녀는 여전히 아쉬운 듯했다. 이제껏 달려왔던 속도가 느려지고 하루하루 정체되는 것이 불안한가보았다. 그녀가 B 엄마와 계속 학습지 이야기를 나누고 싶어 했기에, 나는 슬그머니 아이들에게로 가서 놀이에 끼어들었다.

아이들은 풍선잡기 놀이를 하고 있었는데, 모두 사내아이들인지라 어른이 끼어들어 발로 차대고 멀리멀리 스매싱 샷을 날리니 환호를 아끼지 않으며 금세 몇 배로 땀을 흘렸다. 제법 날렵하게 몸을 놀리는 사내아이들의 홍조 띤 얼굴은 팽팽한 긴장감과 생생한 에너지로 이내 터질 지경이 되었다.

한 시간 뒤에 왔을 때에도 A와 B의 엄마는 같은 대화를 나누고 있었다. 그녀들의 얼굴은 여전히 심각하고 근심스러워 보였으나, 정작 그 근심을 해결해줄 A는 그녀들의 대화와 무관하게 거실 저편에서 땀으로 뒤범벅된, 매우 행복한 얼굴로 뛰어놀고 있었다. A의 엄마는 한숨을 쉬었다.



나는 가슴이 답답해졌다. 그녀에게는 저 행복한 얼굴이 보이지 않는단 말인가. 같이 바라보고 함께 뛰어놀며 행복해지기만 하면 되는 이 소중한 순간, 고작 장모음 때문에 번민에 휩싸여 있다는 것이 아깝지 않단 말인가. 안타까움에, 그녀에게 말하지 않을 수 없었다.

장모음을 이해하는 건 장모음 하나만을 무작정 가르친다고
되는 게 아니야. 어린아이가 맨 처음 계단을 올라갈 때를 생각해봐.
팔다리와 몸통이 서로 균형을 맞춰줘야 하고 거기에 시신경과
평형감각까지도 조응을 이뤄줘야 한 칸을 올라갈 수 있잖아.
마찬가지야. 저렇게 풍선을 잡으려고 할 때 어떻게 먼저 잡을까,
팔을 뻗어볼까, 점프해볼까, 새롭게 발을 한번 뻗어볼까,
순간순간 아이가 스스로 열심히 고민하고 생각해내는
과정이 있어야 언젠가 장모음의 개념도 이해할 수 있게 되는 거야.
그까짓 장모음 이해하지 말라고 붙들어 매도
이해할 수밖에 없는 날이 오는 거야.
그리고 굳이 장모음과 풍선잡기를 따로 구분해서 그중 뭐가
더 중요한가 고르라면, 나는 풍선잡기가 훨씬 중요하다고 말하겠어.
저 아이들은 언제까지나 집 안에서 학습지를 풀고 있지 않을 거거든.
이제 곧 자라서 저 혼자 밤길을 걸어가야 하거든.
그때 누군가 어둠 속에서 나타나 칼을 들이민다고 생각해봐.
그런 순간에 아이들을 구해줄 것은 무엇이겠어?
어릴 때 학습지에서 배운 장모음이겠어,
아님 풍선잡기에서 '팔을 뻗을까 점프해볼까' 했던 고민이겠어?
이제 그만 걱정일랑 접어두고 저 애들을 좀 봐.

정 말 이 지 , 너 무 나 건 강 하 고 아 름 답 지 않 니 ?

# 조바심에 관하여

이른 아침 현관문 밖에서 소리가 난다. 끙끙대는 소리 같기도 하고, 부스럭대는 소리 같기도 하다. 문을 열어보니 앞집에 사는 1학년 아이, 은태다. 아직 추울 텐데 팬티 차림에 맨발이다. 은태는 부끄러움과 억울함이 동시에 담긴 얼굴로 나를 보더니, 이내 고개를 돌린다.

세상에…… 춥겠다. 어서 들어와.

아이를 집 안에 들이고 담요를 둘러주며 자초지종을 묻자, 수학학습지를 해놓지 않아서 외할아버지가 화가 나셨단다.

아이와 미처 몇 마디 나누기도 전에, "이 자식 어디 갔어?" 현관 밖에서 다시 앙칼진 목소리가 들린다. 내가 문을 열고 "은태 여기 있어요" 말하자마자, 인정사정없는 이모의 손길이 뒤따라 나온 은태의 가는 손목을 낚아챈다. 스물일곱이나 되었을까? 아직 미혼인 은태의 이모는 '대체 당신이 뭔데……' 하는 힐난의 눈길을 내게 보내는 것을 잊지 않는다.

곧이어 은태의 외할아버지와 외할머니가 모두 현관 밖으로 나와 저마다 아이에게 한마디씩 언성을 높이는 것을 보면서, 나는 조용히 문을 닫았다.



은태 외할머니는 내게 해명이라도 하듯 문밖에서 한참 동안 소리를 높였다.

짐작으로만 아는 거지만, 은태의 부모는 이혼을 했다. 미용실을 한다는 엄마는 지방에 살며 가끔 은태를 들여다보고, 아빠는 1년에 한 번 아이를 보러 온단다.



언젠가 우리 집에 놀러 온 아이는 묻지도 않은 말을 했다. 그 말을 하는 아이의 눈에서 여덟 살 된 아이의 것이라고는 생각할 수 없는 증오의 불꽃이 번쩍 튀었다. 지금 은태에게 필요한 것은 수학학습지나 영어학원보다 한결 더 세심한 마음의 보살핌일 터이지만, 이를 늙으신 외조부모나

날카로운 이모에게서 기대한다는 것은 불가능해 보였다. 오늘 은태가 발가벗겨지고 추위에 떨었던 기억이 아이의 미래를 이롭게 할까?

우리에게는 누구나 부모로부터 호되게 꾸지람을 들었던 기억이 있다. 빗자루로 닥치는 대로 맞았거나, 몇 시간 동안 무릎을 꿇고 앉았던 기억, 혹은 그 와중에 오갔던, 칼처럼 마음에 깊은 상처를 입혀 십수 년이 지나도 떠올리면 피를 흘리는 말들…….

이 호된 꾸지람이 얼마나 무용한가는 성인이 되어 뒤돌아보면 더욱 분명해진다. 내 경우, 여러 번의 꾸지람 가운데 단 한 번만이 지금 생각해도 설득력이 있었던 정당한 꾸지람이었다. (여섯 살 때 가게에서 사탕을 집어 온 뒤, 엄마에게 실토하고 무척 혼이 났었다) 그 외의 경우에는 대체로 의사소통이 잘못되었거나, 원하는 것이 달랐거나, 어른들의 앞선 근심이 어린 나를 채근하는 형국이었다.

분초를 다투며 바삐 움직이는 자본주의 사회에 살면서 느긋해진다는 것은 정말 어려운 일이다. 우리는 언젠가부터 항시적인 질병, 조바심을 안고 살아가고 있다. 이 조바심이 매 순간 매 사건마다 끼어들어, 우리의 결정을 바꿔놓고 우리의 미래를 뒤바꾼다. 그런데 이 조바심이란 사실 망상에 근거한다. 왜냐하면 아직 '일어나지 않은' 일에 상상을 가미할 때 지니게 되는 초조한 마음의 상태가 조바심이기 때문이다.

아이들을 꾸짖을 때에도 마찬가지다. 어른들은 자신이 확신에 차 있다고 생각한다. 나는 크고, 힘이 세고, 지적 경제적 우위에 있으니, 너는 나를 믿고 따라오기만 하면 된다고 생각한다. '네게 올바름에 대해 알려주고, 너를 교정해보겠다'라는 의도하에 움직인다. 이러한 의도가 한 개인의 확고한 철학이나 지성에 근거한다면 좋으련만 사실 대부분의 경우, 우리는 불규칙한 상황으로부터 비롯된 '조바심'에 쫓겨 아이를 꾸짖는다.

며칠 전의 일이다. 아이가 다니는 어린이집에서 연극을 보러 가기로
한 날이었다. 그날 내게는 몇몇 아이들을 극장까지 차로 태워다주어야 할
책임이 있었다. 당연히 제시간에 어린이집에 도착해야만 했다. 그런데 그
날따라 중빈이 느리게 느리게 움직였다. 시간은 다 되어가고 나는 신발까
지 신고 현관에 서 있는데, 그 분초를 다투는 상황에서 아이는 색종이를
가위로 오려서 풀로 붙이려 들고 있었다. 서둘러 가야 하는 이유를 수차례
설명하고, "신발 신어"를 열 번 정도 말한 뒤, 나는 그만 꽥 소리를 지르고
말았다.

엄마 말 안 들리니~!!! 엄마가 몇 번 말했어!!!

그런데도 아이는 전혀 반응이 없었다. 눈 하나 깜짝하지 않고 끝까지
풀칠을 했다. 그리고 일어나 신발을 신었다. 아이는 내 얼굴을 쳐다보지도
않았고, 혼이 났다고 눈물을 찔끔거리지도 않았다. 그저 아무것도 들리지
않았던 듯 무표정했다.
차에 시동을 걸고 나서야, 나는 나의 잘못을 깨달았다. 아이는 서둘
러 가야 하는 이유를 잘 알고 있었다. 엄마 말도 잘 들렸고, 신발도 곧 신
을 터였다. 다만 풀칠이 너무나 하고 싶었다. 마저 풀칠을 한 뒤 그것을 들
고 나오고 싶었던 것이다. 때문에 내가 현관에서 합리적으로 아이를 설득
하려 했던 것은 어리석었다. 아이는 머릿속으로는 잘 알고 있었지만, 너무
나 너무나 풀칠이 하고 싶은 마음을 제어할 수 없었던 것이다.

다섯 살짜리에게 이렇듯 강렬한 마음을 제어하기를 바란다면, 그것은 나의 잘못이다. 그 순간 시간을 줄이기 위해 내가 할 수 있었던 최선의 행동은 하나 마나 한 소리를 또 한 번 반복하는 것이 아니라 아이가 풀칠을 빨리 끝낼 수 있도록 돕는 일이었다.

나는 아이의 손을 잡고 말했다.



바로 그때 무표정과 무감각으로 일관하던 아이가 격렬하게 울음을 터뜨렸다. 울음은 한동안 계속되었다……. 아이는 상처를 받았다. 하지만 엄마의 진심 어린 사과로 치유 받을 기회를 얻었다. 그리고 다행히도, 옳고 그름에 대한 오해, 자신의 행위의 정당성에 대한 불분명함에서 벗어날 수 있었다. 이다음 같은 상황에서, 아이는 내게 "엄마가 좀 도와줘. 그럼 빨리 끝낼 수 있을 거야"라고 말할 수 있을 것이다. 그러기를 바란다. 무엇보다도 내가 같은 실수를 반복하지 않기를 바란다.

어린이집에 도착해보니, 우리는 늦지 않았다. 만약 우리가 1~2분 늦어 그들이 우리를 기다려주어야만 했더라도 대세에 큰 지장은 없었을 것이다. 바꿔 말하자면, 그날 아침 진실로 크게 '문제가 될 만한 일'은 애초부터 없었던 것이다. 유일한 문제라면 내가 조바심에 쫓기고 있었다는 것뿐…….

은태의 경우도 크게 다르지 않다. 은태가 학습지를 몇 번 더 하는가와 덜 하는가는 은태의 미래에 결정적으로 큰 변화를 야기하지 못한다. 그럼에도 어른들은 조바심에 사로잡힌다. 이대로 두었다가 이 아이는 나쁜 길로 빠져든다. 대학도 가지 못할 것이다……. 그리고 아이를 발가벗긴 채 집 밖으로 내쫓는 것이다.

진실로 은태의 미래에 큰 변화를 야기하는 것은, 아마도 가정적 불화일 것이다. 은태가 비뚤게 드러내는 마음의 결핍들을 표피적으로 이해하고 근본으로부터 헤아려주지 못하는 주변인의 몰이해일 것이다. 그러므로 미래에 지금 은태의 가족들이 지니고 있는 망상을 현실화하는 것은, 수학학습지나 영어학원을 등한시하는 은태 자신이 아니라, 몰이해에 근거한 가족들의 조바심, 바로 '망상 그 자체'가 될 것이다.

타인의 상처와 근원을 더듬기에는 우리 모두가 너무 바쁘게 산다. 일분일초에 쫓기기 때문에 무성의하며, 무성의하기 때문에 근시안이 될 수밖에 없다. 근시안으로 아이를 바라보는 것, 조바심에 사로잡혀 아이를 채근하는 것, 이것이 우리가 흔히 얘기하는 '아이를 혼내주었다'는 것의 참 얼굴이며, 이렇게 우리는 망상으로써 망상을 현실화하는 게으른 악순환 속에 있다.

한국인들은 아이를 키우면서 "(네가 그래도) 할 수 없지……"란 말을 자주 해야 한다. 어떻게든 되게 하겠다, 하게 만들고야 말겠다는 한국인 특유의 개발과 성취 위주의 근성을 버려야 한다. 타고난 성품은 개조되지 않는다.

타고난 성품 가운데 개조될 여지가 있는 부분이 있다면, 그 부분은 스스로 개조된다. 스스로의 각성과 노력에 의해서만 개조될 수 있는 것이

다. 그때 요구되는 각성과 노력을 스스로 끌어낼 수 있게끔 북돋워주고 따
뜻하게 안아주는 일, 그것만이 가족이 할 수 있는 일이다.

가장 좋아하는 것을
내게 가장 먼저 와서 이야기해주다니,
참 고맙구나.
이제 곧 커 그러지 않을 날을 생각하면,

이 순간이 참 소중하구나……

# 강한 것의 의미

아이가 수영을 배운다. 일주일에 두 번, 더운 나라로의 긴 여행에 대비해 준비를 하는 셈이다. 다섯 살 아이는 무척 수영을 배우고 싶어 했다. 기대도 많았다.

내 선생님은 어떤 사람일까?

아이는 첫 시간에 정말 즐거워했다. 하지만 끝났을 때, 내게 말했다.

선생님이 (나에게) 아무 말도 하지 않았어.
(열심히 했는데) 잘 했다고도 하지 않았어.

두 번째 갔을 때 어쩐지 아이는 좀 시무룩해 보였다. 세 번째 갔을 때 아이는 울음을 터뜨렸다. 선생님이 기계적으로 발차기를 시키고 있을 때였다. 일렬로 줄을 서 발을 차는 아이들 무리에서 슬금슬금 뒤로 빠져나오더니, "아무 재미도 없어!"라는 말을 몇 번 크게 외치고 난 뒤 울기 시작한 것이다.

아이가 다니는 어린이집은 공동육아조합으로, 부모와 교사가 함께 운영한다. 그곳에서는 '학습'이라는 이름 아래 진행되는 것이 없다. 아침에는 산으로 나들이를 가고, 친환경 농산물로 만든 점심을 먹고, 낮잠 자고, 오후에는 모래밭이나 마당에서 오후 놀이에 몰두한다. 한마디로 잘 먹고 잘 노는 것이 아이들에게 기대하는 전부이다. 혹 학습형 활동이 이루어진다 하더라도, 그것에 참여하고자 하지 않는 아이의 의사가 분명히 존중된다.

그곳에는 플라스틱으로 만든 장난감, 인공감미료가 첨가된 먹거리들은 존재하지 않는다. 아이들은 주로 나뭇가지, 돌멩이, 흙을 가지고 놀며 곤충이나 식물도 좋은 친구가 된다. 교사가 준비된 '죽은' 자료를 들고 와 아이들에게 들이밀지 않기 때문에, 아이들은 늘 없는 것(무)에서 무언가(유)를 만들어내 놀이를 하게 된다.

놀이란 '관계'를 맺지 않으면 이루어질 수 없다. 다투거나, 양보하거나, 협조하거나, 규칙을 만들어내고, 약속을 지켜야 한다. 따라서 아이들은 저절로 친구나 교사에 대한 관심이 많고, 그 특성 또한 잘 인지하고 있다. A는 미운 말을 많이 하지만 의외로 다정할 때가 있고, B는 활달하게 잘 어울려 놀지만 조금이라도 놀림을 당하면 울음을 터뜨리고, C는 그림을 그리는 것을 좋아하고 매운 반찬을 싫어하고…… 아이들은 서로서로를 아주 잘 파악하고 있다. 뿐만 아니다. 부모가 늘상 드나들기 때문에, 서로의 엄마 아빠는 물론 딸린 다른 가족과도 모두 친구이며 그들의 특징 또한 잘 알고 있다.

　그래서 이곳의 아이들은 '관계'에 익숙하다. 마음을 내어주고 서로를 받아들이는 것이 이루어진 뒤에, 비로소 각자의 능력에 대해서도 궁금해 한다. 그런데 수영을 배우면서 처음으로 중빈은 '능력'만이 중요한 공간에 던져진 것이다.


　아이는 아직 수영선생님의 이름을 모른다. 선생님도 물론 아이의 이름을 모른다. 아마 강좌가 끝날 때까지 둘은 서로의 이름을 모를지도 모른다. 선생님이 길에서 아이와 마주친다 해도, 아이를 알아보지 못할지도 모른다. 그럼에도 선생님은 열심히 아이에게 물에 뜨는 법과 발차기를 가르친다.

　아이는 이 구조를 이해할 수 없었다. "어제는 뭘 했니?" "오늘 기분이 어떠니?" 묻지 않는 구조, 서로의 마음속에 무엇이 들었나 조금도 궁금해하지 않는 구조, 심통 난 사내아이가 장난감블록을 옮기듯 교사가 거칠게 아이들을 붙잡아 순서대로 요리조리 배열하면서 몇 가지 동작을 반복할 것만을 지시만 하는 구조……. 이해할 수가 없으니, 발을 계속 차야 하는 이유도 알 수 없었고, 아이는 배열에서 벗어나 울음을 터뜨린 것이었다.

　선생님이 아이를 내게 보냈다. 우는 아이를 꼭 끌어안으니, 물에 차갑게 식어 입술은 보랏빛이고 온몸을 발발 떨고 있다. 물에서 제 엄마 아빠와 놀 때 아이는 물론, 한 번도 이토록 차갑게 식은 적이 없었다. 가여울 정도로 차가운 아이를 안고 있는 몇 분 동안, 나는 마음속으로 격렬하게 갈등했다.

　지금 아이가 놓인 환경은 부조리하다. 이 아이가 갈구하는 인간관계에 대한 희망은 정당한 것이다. 그렇다면, 나는 이 아이를 데리고 지금 나가야 하는가? 지금 이 아이에게 있어 수영이란, 부조리함과 맞바꿔도 좋을 만큼 절박한 것이 아니다. 그렇지만, 내가 언제까지 이 아이를 부조리한 환경으로부터 보호할 수 있을까. 부조리한 것으로의 노출이 적당한 나이라는 게 따로 있을까. 있다면 언제일까…….

나는 일단 아이를 믿어보기로 했다. 마음이 한껏 건강한 아이이므로 마음의 일부분이 힘들어지는 상황이라면 스스로 다스려 치유할 수도 있을 것이다. 나는 눈물이 쉼 없이 흘러나오는 아이의 눈을 똑바로 보면서 말했다.



한참 만에 아이는 다시 선생님에게로 돌아갔다. 수업이 끝날 때까지 아이는 슬픈 얼굴을 하고 있었지만, 더 울지는 않았다.

아이가 힘들어 한 것은, 연습 자체가 아니었다. 그리고 나의 말도 모두 진실은 아니었다. 피아노 연습이 힘들었던 데에는 손가락을 자로 탁탁 내리친 선생님이 있었으며, 나는 지금도 그토록 멋진 음악이라는 세계를 그토록 험악한 방식으로 처음 접하게 한 선생님을 유감스러운 기억으로 떠올린다.

물이라는 것도 멋진 세계다. 물속에 들어간 아이는 누구라도 즐거워한다. 그럼에도, 맞으며 배운 수영선생님들은 같은 방식을 아이들에게 고집한다. 중빈에게 첫 번째 수영선생님은 또한, 유감스런 기억으로 남을 것이다.


중빈이나 내가 수영을 배우는 이유처럼 느긋한 이유로 거기에 앉아 있는 사람은 아무도 없었다. 아이를 들여보내고 조금은 슬픈 마음으로 앉아 있는 내게, 주변에 몰려 있는 엄마들의 말이 왁자하게 전달된다.

네 살 때 한글 끝내고, 다섯 살 때 파닉스랑 수와 셈 끝내니까,
여섯 살 때 시킬 게 마땅치 않은 거야.
태권도는 너무 일찍 하면 관절이 안 좋아진다 하고,
피아노는 머리는 좋아진다 하는데
지 아빠 닮아 손가락이 영 뭉툭해서……
일곱 살이 되면 학교 보낼 준비하느라 너무너무 바빠질 텐데,
마음이 급하잖아. 그래서 어쩔 수 없이 선택한 게 수영인데,
어휴~ 쟤 좀 봐. 자세가 안 나와, 자세가……

얼마 전 가까운 친구가 내게 한 말이 생각난다.

나는 내가 받아온 교육과정 중에 내게 상처가 되었던 것이
너무도 많았어. 그래서 그걸 내 딸에게는 서둘러 시키고 싶지
않을뿐더러, 가능하다면 다른 방법을 강구해주고 싶은데,
왜 다른 부모들은 경쟁적으로 자기 아이들에게 같은 것을
더 일찍 시키지 못해 안달일까?

그때 나는 이렇게 말했던 것 같다.

인간이 자신에게 마이너스였던 것을 마이너스로 느끼는 것은
쉬운 일이야. 마이너스가 가져다주는 항시적인 불만을
표출하는 것도 쉬운 일이야. 하지만, 그 마이너스를 플러스로
바꾸는 데에는 '깨달음'이 필요한 것 같아.
이 깨달음을 얻고 구체적인 대안을 찾아내기 위해서
무진장한 시간과 에너지를 소모해야만 하는 거지.
그러니까 자신에게 해로웠던 것을 자식에게 그대로 하지 않는
사람들은 강한 사람들이야.
대부분의 사람들은 쉬운 데서 머무르거든.
그리고 자신들이 그곳에 머물며 불만을 표출하는 것 자체가
마이너스를 더 깊게 한다는 것을 깨닫지 못하거든.

모두 '교육이 문제다'라고 말하면서 모두 그 교육체제 내에서 자기 자

식이 일등을 하기 바란다. '우리나라 아이들 너무 불쌍하다'고 말하면서 아무도 그 불쌍한 대열에서 자기 자식을 빼내지는 않는다.

약 한   자 는   순 응 하 고,   강 한   자 는   저 항 한 다.

# 배움이라는 친구

아이가 바이올린을 배운 지 1년 반이 되었다. 여섯 살 되던 해 봄, 스스로 원해서 시작된 일이었다. 아마도 그때 녀석은 현에 활을 가져다 대기만 하면 찐찐짠짠 절로 그럴듯한 소리가 나는 줄 알았겠지.

알다시피, 바이올린은 피아노처럼 정확한 음이 보이는 곳에 전시되어 있는 악기가 아니다. 절대음에 대한 감각을 익혀야 정확한 음자리를 찾아낼 수 있고, 정확한 음을 찾아낸 뒤에는 활과 현을 적절히 마찰시켜 (소음을 넘어선) 음악이 되는 공명을 끌어낼 수 있어야 한다.

당연히 시작한 지 한 달 만에 아이는 좌절했다. 아이를 가르치던 선생님도 좌절했다. 선생님은 얼굴도 마음씨도 예쁜데다 실력까지 갖춘 분이었으나, 대부분의 강사처럼 입시 레슨을 위주로 해왔고, 미혼이었고, 당연히 여섯 살 아이와 열두 살 아이의 차이점을 잘 알지 못했다.

열두 살 아이는 틀린 곳만 지적해도 실력이 향상될 수 있지만, 여섯 살 아이는 틀린 곳만 지적받을 때 포기하고 싶어진다. 하루빨리 실력을 끌어올리고픈 선생님의 바쁜 마음과 무턱대고 음악이 즐거울 뿐인 유아의 덜 발달된 손놀림은, 마침내 김지미와 최무룡의 이별처럼 "사랑하기에 헤어지는……" 단계에 이르렀다.



나는 늘 정보 수집에 어두운데다 행동을 취하는 데에도 느린 편이기에, 서로 사랑하는 그 둘의 이별을 지켜보면서도 딱히 대안이 없었다. 그렇다고 해서 시작한 지 얼마 되지도 않아, 상황이 힘들어졌으니 무조건 그만두어라 할 수도 없는 노릇이었다.

나는 아이가 무언가를 배우고 싶다고 할 때 "정말로 그게 하고 싶은지 다시 한 번 잘 생각해보고 일주일 뒤에 또 말하자"고 한다. 유아의 욕구란 변덕스러우며 피상적이거나 즉흥적일 때가 많기 때문이다. 다만, 그 일주일간 아이가 배우고 싶어 하는 것을 약간씩 맛을 보여준다. 만약 피아노라면, 피아노 CD를 틀어주거나 키보드로 음을 짚어가며 동요를 함께 부르거나 하는 식으로. 그리고 그 기간 동안 나도 관찰하며 아이에게 피아노가 잘 맞을지 생각해본다.

일주일 뒤 다시 이야기를 나누었을 때 역시나 아이가 배우고 싶어 하면, 하고자 하는 마음이 아이 속에서 충분히 '숙성'된 것이므로 그때 시작한다. 시작할 때에는 아이에게 당부하기를 잊지 않는다.

물론 이렇게 시작해도 난관에 부딪히면 아이들은 금방 포기하고 싶어한다. 어른들도 그러할진대 아이들이야 오죽하랴. 이때에는 '숙성'의 시기가 많은 도움이 된다. 아이에게도 부모에게도. 이를테면, 아이의 열정이 식어버렸을 때 숙성의 시기에 했던 결심을 상기시켜준다면, 아이는 한 번 더 시도해볼 이유를 찾게 된다. 늘 중요한 것은 '잘' 하는 것이 아니라, '한 번 더' 해보는 것이다.

부모도 마찬가지다. 이 숙성의 시기에 하나의 선택 앞에서 나름의 교육철학을 확립할 기회를 갖게 되므로, 나중에 문제가 생겼을 때 그 철학에 따라 인내심 있게 아이의 식어버린 열정에 새로운 불씨를 지펴줄 수 있게 된다. 아이가 내놓는 결과물에 일희일비하지 않으면서도 흔들림 없는 지원을 할 수 있게 되는 것이다.

아이가 바이올린을 하고 싶다고 했을 때, 나는 악기가 인생의 베스트 프렌드가 될 수 있다는 것, 살아가면서 수없이 많은 친구들과 만나고 헤어지고 잊거나 잊히지만, 악기라는 친구는 일단 손에 익으면 평생을 함께한다는 것에 대해 생각했다. 내가 삶의 피로와 긴장에 대해 생애 최초로 민감해졌던 사춘기 시절, 언어로는 표현할 길도, 소통할 대상도 찾지 못해 헤매던 그 시절에 힘껏 피아노 건반을 두드리고 났을 때면 짜릿한 개운함과 함께 온몸에 젖어 있던 땀, 그리고 그때에 그 커다란 피아노를 부둥켜 끌어안고 싶어질 만큼 그것이 내게 주었던 깊디깊은 위로에 대해 생각했다.

시작은 아이가 선택하게 하되, 상황의 변화와 상관없이 그것이 불발에 그치지 않게 하기 위해서는 아이보다 먼저 지치지 않는 부모의 나직하면서도 끈질긴 조력이 필요한 것이다. 한 달 만에 아이가 좌절했을 때, 나는 새로이 무언가를 배울 때의 어려움과 그것을 이겨냈을 때의 성취감에 대해 아이와 여러 각도에서 이야기를 나누었다. 아이가 처음 걸음마를 배울 때의 모습도 이야기해주었고, 내가 처음 빵을 만들 때 케이크를 몽땅 태워 먹었던 에피소드에 대해서도 이야기해주었다. 아이가 오래전 더듬더듬 읽던 아기책과 지금 줄줄 읽게 된 과학책을 보여주면서, 이 모든 변화가 힘들 때 포기하지 않고 꾸준히 연습했기 때문에 생겨났음을 상기시켜 주기도 했다.

아이는 천천히 '연습'이란 개념을 생활 속으로 들였다. 그것은 지루하지만 꼭 필요한 되풀이이며, 자기 자신과의 약속이자, 약속을 지키기 위한 싸움이며, 백 걸음을 내딛기 전에는 이동하였음을 느낄 수 없는 느리디느린 시계추라는 것을. 엄마의 과장된 박수갈채와 포옹과 때로는 엄한 시간 관리 사이에서, 아이는 조금씩 백 걸음을 디딘 뒤에 뒤를 바라보는 기분을 알게 되었다.

그리고 우연히 두 번째 선생님을 만났다. 집에서 멀지 않은 곳에서 반가운 간판을 하나 발견했던 것이다. '바이올린을 위한 공간'. 아이와 함께 자그마한 교습소에 들어가보니, 깜짝 놀랄 만큼 아리따운 선생님이 길다란 생머리를 휘날리며 우리를 맞아주셨다. 마침 선생님에게는 중빈보다 한 살 많은 딸이 있었다. 아이의 간단한 연주가 끝나자, 선생님은 환하게 웃으며 말해주셨다.

야, 너 여섯 살 치고 진짜 잘한다!!!

아이는 칭찬을 받고 신이 나서 바이올린을 내려놓자마자 "이번엔 내가 베토벤의 합창을 칠까요?" 하며 피아노로 달려갔다. 그리고 띵똥띵똥 되지도 않게 건반을 두드렸다. 이번에도 선생님은 환하게 웃으며 말해주셨다.

야, 너 진짜 마음에 든다!!!

그렇게 시작된 두 번째 선생님과의 인연이 지금까지 이어져 오고 있다. 아이의 실력과 바이올린을 향한 사랑은 눈에 띌 듯 말 듯 조금씩 늘어갔다. 가족모임 때마다 바이올린을 들고 가 앵벌이(?)를 하는 것 또한 빼놓을 수 없는 연례행사가 되었다.

언젠가는 유켄도 칼을 너무나 갖고 싶어 했으나 크리스마스 때까지 기다리라고 하자, 스스로 독주회를 기획해 만만한 일가친척에게 티켓을 팔기도 했다. 당시 여섯 살이었던 아이는 땀을 뻘뻘 흘리며 장난감 가격과 관객의 수를 계산해 티켓가격을 매기고 정성스레 티켓을 만들었는데, 막상 독주회 당일 얼마 전 태어난 사촌동생에게는 티켓을 팔 수 없다는 사실을 알고 경악을 금치 못했다.

또 언젠가는 정선의 한 펜션에서 머물 때였다. 주인집 대학생 아들이 모처럼 친구들을 데리고 와 모닥불 앞에서 '정선 아리랑'을 멋들어지게 불러 제꼈다. 청년의 노래가 끝나자마자, 아이가 뜬금없이 벌떡 일어나더니 말했다.

내가 바이올린을 좀 켜긴 하지만……
지금 연주하겠다는 건 아니지만……
박수를 치면 하긴 하겠지만……

형 누나들이 어이없다는 듯 폭소를 터뜨리며 박수를 쳐주었다. 아이는 바이올린을 가져와 낑낑대며 '사냥꾼의 합창'을 연주했다. 한 곡이 끝난 뒤에는 다시 중얼거렸다.

더 연주를 할 수는 있지만……
앵콜을 해야 더 하는 거지만……

다시금 어이없는 폭소와 억지 앵콜이 이어졌다. 낑낑깡깡 어눌한 바이올린 소리가 강원도의 아름다운 별무리를 심란하게 흩어뜨리며 대학생 형 누나들의 달콤한 시간을 눈치 없이 빼앗는 동안에도, 일주일에 두 번씩 교습소까지 아들을 데려다주고 데리고 오던 엄마는 푼수 없이 가슴이 부풀어올라 저 먼 산등성이 위 보름달까지 둥실둥실 떠갈 것만 같았다.

아이는 이즈음 한창 바이올린에 물이 올라 있다. 밥을 먹다 말고, 이야기를 하다 말고, 양치질을 하다 말고, 온종일 오른손을 활 잡는 모양으로 만들어 저 혼자 음악의 세계에 빠져버리고 만다. 아이가 물이 오르면서, 내게도 변화가 생겼다. 아이가 바이올린을 연습할 때마다 나는 집에 있는 전자키보드로 곧잘 곁에서 합주를 하곤 했는데, 이것이 성인이 된 후 음악 '감상자'로만 살아왔던 나를 다시 '연주자'로 되돌려놓았던 것이다.

엄마, 자꾸 틀릴 거야?
아니야, 이번엔 네가 박자가 밀렸잖아!

합주를 하는 동안, 우리는 연년생 오누이처럼 다투고 화해한다. "이번엔 정말 잘 해보자" 한 번만 더, 한 번만 더 연주를 하다가, "잠깐만, 시계 보고 올게" 하고 밖으로 나간 아이가 기절을 하기도 한다.

엄마, 두 시간이나 지났어!!!

나는 아이가 바이올린을 가방에 정리한 뒤에도, 아이가 '늙은 악보'라 부르는 다 떨어진 내 어린 시절 소나타모음집을 꺼내놓고 악보만큼이나 '늙은 기억'을 애써 불러 모으며 키보드 연주에 집중하곤 한다.
음악을 연주한다는 건, 정말 멋진 일이다. 평범한 우리들에게는 살아가며 천재를 만나 대화를 나눌 기회가 거의 없지만, 혹여 아인슈타인이나 프로이트를 만난다 해도 그들의 '업적'에 대해 쌍방의 대화를 나눈다는 것은 거의 불가능하겠지만, 음악에서만큼은 가능하다. 이를테면, 모차르트를 연주할 때 모차르트는 연주자에게 온다. "아이고, 그렇게밖에 못하십니까?" 한심하다는 듯 연주자의 등을 탁 치며 특유의 익살스런 미소를 짓는다. 천재 피카소의 작품을 '완료형'으로서 미술관에서 대할 때와는 다른 감동이다. 나만의 마음과 감각을 통해 '현재형'으로 천재와 그의 예술을 알현하는 감동이 있는 것이다.

건반이 몇 개 되지도 않는 키보드에 앉아 굳은 손가락들을 주무르며 옛 곡들을 연주하는 동안, 나는 서서히 '그 비싼' 피아노가 그리워졌다. 조그만 키보드에는 없지만 악보에는 엄연히 있는 고음과 저음을 찾아 허공을 두드리면서.

그런데 내가 열심히 피아노를 쳤기 때문일까? 이즈음 아이가 부쩍 피아노를 배우고 싶다고 한다. 진작부터 배우고 싶어 했었으나, 나는 그때마다 기왕에 바이올린을 시작했으니 먼저 바이올린이 손에 익을 때까지 기다리자고만 했던 것이다. 그러다, 어제는 이렇게 말했다.

그래, 이젠 네가 새로운 악기를 시작해도 잘 할 수 있을 것 같아.
정말로 그게 하고 싶은지 마지막으로 깊이 생각해보고
며칠 뒤에 다시 얘기해보자.
그런데 피아노를 배우기 시작하면 머지않아 피아노가 필요해질 텐데,
피아노는 아주 비싼 악기라서 아빠의 의견도 중요할 것 같아.

말하는 동안 한껏 무게를 잡긴 했지만, 나는 내심 쾌재를 부르고 있

었다.



아니나 다를까. 오늘 아침 아이가 밥상머리에서 밥을 먹다 말고 아빠 허벅지에 손을 올려놓는다. 그리고 최대한 진지하게 아빠의 눈을 들여다보며, 한 글자 한 글자 힘주어 말한다. (맹세코 나는 시키지 않았다!)

아빠, 난 진짜 피아노가 배우고 싶어.
아빠가 피아노를 사주면 정, 말, 열, 심, 히, 배, 워, 볼, 게.

잠에서 반쯤만 깨어 있던 남편의 얼굴에서 화들짝 잠이 걷히는 것이 보였다. 어린 자식이 팬티 바람인 아비의 허벅지에 손을 올리고 진중하게 배움의 자세를 취하며 배움의 도구를 갈망할 때, 장사는 없는 법이다. 남편은 반쯤 감격하고 반쯤 당황한 채 나를 바라보았다. 나는 슬며시 눈을 내리깔고 밥만 먹었다.

남편의 지갑이 크게 찢어지는 소리를 들었다.

# 제 속도로 가는 것

글을 제법 읽게 된 아이가 툭하면 친구와 책 읽기 시합을 한다. 언제나 먼저 읽기를 끝마친 쪽이 아직 읽고 있는 친구에게 들으란 듯이 목청을 높인다.

내가 먼저 다 읽었다!

며칠 전 아이가 다시 친구와 책 읽기 시합에 붙었다. 마침 아이는 기르고 있던 사슴벌레를 한나절 관찰한 뒤였기에, 자연관찰전집 중에서 '사슴벌레'편을 골라 들었다. 책 읽기가 시작된 직후, 아이는 눈치 챘다. 친구의 책은 페이지수 적은 전래동화라는 것, 자신의 책은 글씨 빽빽하고 두툼한 과학책이라는 것. 녀석은 곧바로 자신이 이길 수 없다는 것을 의식했고, 짐짓 변명 아닌 친절을 가장하며 친구에게 미리 말해놓는다.

야, 너 그거 다 읽으면 나랑 이거 같이 읽자.
이 책이 두꺼워서 오래 걸리긴 해도 굉장히 재밌거든.

경쟁을 의식하다 못해 잔머리 굴리는 것이 그쯤 되니, 나는 한마디 하기로 했다. 일곱 살 사내아이들의 승부 근성이 어떤 것인지는 익히 알고 있지만, 독서라는 '다른 시간 속으로의 여행'만큼은 '빨리빨리'의 영역 바깥으로 끌어내주고 싶었다.



아이들은 "어, 정말?" "그 말도 맞네!" 하는 얼굴이 되었다. 그리고 비로소 편안한 얼굴로 상대방을 의식하지 않고 책을 읽기 시작했다. 아이들에게 말을 해놓고 나니, 실은 모든 것이 그러한 것 같았다. 밥을 먹는 것도 맛을 음미하면서 제 속도로 먹는 것이 가장 좋은 것이며, 일을 하는 것도 일의 묘미를 즐기며 제 속도로 하는 것이 가장 좋은 것이다.

'누군가'가 정해놓은 속도와 기한에 맞춰 우리들은 서두르고 있다. 속도와 기한을 정해놓는 것이 능률을 높인다고 생각하는 까닭이다. 그리고 우리들이 사는 방식 그대로 아이들에게도 속도를 강요한다. 속도를 매개로 한 경쟁 속에서 통제가 수월해지고, 아이들은 '우리가' 원하는 능률에 쉽게 도달한다.

이를테면, "어디, 누가 더 빨리 먹나 보자!" 한마디 툭 던지면 밥상 앞에서 딴전 부리던 네댓 살짜리들조차 얼른 밥상에 들러붙어 숟가락을 들고 옆 친구의 밥그릇을 살핀다. 이제 그 아이들에게 맛은 뒷전이다.

천천히 음미한다면 맨밥에 김치뿐이더라도 귀족처럼 황홀해질 수 있건만, 경쟁 속에서는 세상없는 반찬도 그저 먹어치워야 할 책임량에 불과하다. 그렇게 경쟁은 우리의 일상을 남루하게 만들며 빼낼 수 없는 노예근성의 인을 박는다.

그러나 어느덧 우리들의 기억 속에서는 속도와 기한을 정해놓은 그 '누군가'가 도대체 누구인지조차 희미해져버렸다. 멈추는 법과 음미하는 법을 잊어버렸기에 그대로 갈 뿐이다. 실은 한 번쯤 '누군가' 우리의 피로한 어깨에 부드럽게 손을 얹으며 말해주기를 기대하면서. 여기엔 이기고 지는 게 없는 거야…… 라고.


오늘 우리가 우리 아이들에게 그렇게 말해주자.
멈추고 음미할 기회를 주자.
멈추지 못하는 아이, 멀리 갈 수 없고
음미하지 못하는 아이, 멀리 가도 무의미하니.

# 약간의 부드러움

흔히 우리에게 부족한 것은 사랑이라 말하지만, 정말 그럴까?
우리에게 없는 것은 사랑일까, 아니면 그것을 드러내는 기술일까?

해가 질 무렵, 산자락을 끼고 있는 아파트 단지에 차고 청명한 산내음이 내려앉는다. 다섯 살 아이와 함께 곤충채집통을 들고 벌레잡이에 나섰다. 풀밭 옆에 쭈그려 앉아 풀섶을 헤집고 있자, 아이 둘이 호기심을 보이며 다가온다. 큰 사내아이는 여덟 살, 작은 여자아이는 여섯 살. 둘은 남매지간이고 이름은 도훈이와 미연이라고 했다. '놀이'를 갈망하지만, 정작 잘 놀 줄을 모르는 서울의 다른 아이들과 마찬가지로 아이들은 하릴없이 콘크리트 바닥을 맴돌며 무료한 시간을 보내고 있는 중이었다.

뭐 해요?
죽은 벌레 잡아.
왜요?

벌레를 잡아 가까이에서 보고 싶거든.
산 벌레는요?

중빈이 대답을 거든다.

산 벌레를 잡으면 금방 죽어. 불쌍해. 그래서 죽은 것만 잡아.

도훈이가 벌레잡이에 동참한다. 미연이는 "징그러~"를 연발하며 계속 오빠에게 집으로 돌아가자고 한다. 도훈과 중빈이 열심히 벌레를 잡는 동안 미연은 못마땅한 것이 많은 듯 괜시리 자신보다 어린 중빈에게 시비를 건다.

너 머리통 맞아서 죽어볼래?
미연이는 얼굴도 예쁜데, 말을 좀 예쁘게 했으면 좋겠다.
우리 엄마도 맨날 미연이한테 그렇게 말해요. 그런데 잘 안 고쳐져요.

도훈이도 그 점이 불만이었던가보다.

엄마는 우리가 보기 싫대요.
꼴 보기 싫으니 나가 놀라고 해서 나와 있었어요.

나는 사연을 묻지는 않았지만, 미연이의 산만한 눈빛과 보살핌을 제대로 받지 못한 옷차림, 거친 말투를 일별하고 그들이 처한 대강의 가정환경을 짐작했다.

우리는 죽은 벌레들로 채집통을 채워나갔다. 하나, 둘, 셋…… 벌레를 모으며 세는 재미, 몇 걸음 옆으로 옮겨 또 다른 종류의 벌레를 찾는 재미에 두 사내아이들은 완전히 몰입되어 갔다. 민들레를 본 도훈이가 말한다.

민들레는요, 저녁에는 오그라들었다가 아침이 되면 활짝 펴져요.
와, 도훈이는 모르는 게 없구나. 아줌마는 그것도 잘 몰랐네.

철쭉 한 송이를 따 끝을 입에 물며 도훈이가 또 말한다.

이 끝을 이렇게 빨면요, 꿀이 나와요.
정말 그렇네. 아줌마는 어렸을 때 사루비아(샐비어) 꽃을 빨고
놀았었는데, 철쭉으로는 한 번도 안 해봤거든.
도훈이는 어디서 그런 걸 다 배웠니?

미연이의 허술한 옷차림이 추워 보인다. 미연이는 또 집에 가자고 한다.

도훈아, 미연이가 추운가보다. 집에 가서 옷을 입고 나오면 어때?
싫은데…… 미연아, 오빠 잠바 입어.

오빠의 옷을 입은 미연이의 얼굴에 비로소 약간의 안정감이 어린다.

미연이는 좋겠네. 든든한 오빠가 있어서.

벌레를 찾아 옮긴 발걸음이 놀이터에 이른다. 아파트 단지 내에는 총 여섯 개의 놀이터가 있지만, 언제나처럼 놀이터에서 느긋하게 놀이를 즐기는 아이들을 찾아보기란 힘들다. 아이들은 모두 바쁘다. 학원으로, 과외로. 오늘 우리가 도훈이와 미연이를 만난 건 행운이다. 그런데, 그런 생각을 하는 건 우리뿐만이 아닌 것 같았다. 내가 "우리 놀이터에서 놀까?" 하자, 기다렸다는 듯 도훈이가 이렇게 외쳤기 때문이다.

이야, 신난다! 아줌마, 저는 오늘 정말 운이 좋은 것 같아요.
아줌마를 만났으니 말이에요!

놀이터에 이르러, 나는 미연이에게 제안했다.

미연아, 우리 배가 고픈데 꽃밥을 만들어줄래?
우리가 떨어진 꽃을 주워다줄게.
너는 저기 모래 속에 있는 조그만 플라스틱 그릇을 쓰면 되겠다.

드디어 미연이가 환한 미소를 짓는다.

좋아요!

우리는 다들 바빠졌다. 꽃 꽁지를 핥아 꿀맛을 보랴, 맛을 본 꽃을 미연이에게 배달해주랴, 돌을 찾아 꽃을 빻으랴, 모래와 뒤섞어 반찬을 만들랴……. 미연이는 이제 미운 말도, 집에 가겠다는 말도 하지 않는다.

아줌마, 내가 아주 예쁘고 맛있는 밥을 만들어줄게요.
쫌만 기다리세요.


아이들은 조금씩 어두워져가는 산을 배경으로 활짝 핀 꽃송이들처럼
행복해 보인다. 넘어지면 "괜찮니?" 손을 내밀어주고, 꽃과 풀이 부족하면
서로의 것을 사이좋게 나누어 가진다. 그때 갑자기 저쪽 주차장에서 앙칼
진 여자의 목소리가 들렸다.


늬들, 여기 있었구나! 엄마가 얼마나 찾아다닌 줄 알아?


엄마는 금빛 자동차 안에서 아이들을 험악하게 노려보고 있었다. 엄
마의 진한 화장과 새로 출고한 듯 빛나는 중형 자동차의 외관은 허술한 미
연이의 겉모습과는 대조적이었다. 도훈이는 삽시간에 주눅이 들었다.


우, 우린…… 아, 아까부터…… 노, 놀이터에서……
노, 놀고 이, 있었는데……


도훈이가 상황에 따라 심하게 말을 더듬는다는 것을 그제서야 알았다.
엄마는 차에서 내리지도 않았고 앙칼진 목소리의 톤을 낮추지도 않았다.


증말 지겨워서. 냉큼 이리 못 와!


미연이는 꽃밥이 담긴 그릇을 신경질적으로 걷어차버리고 엄마에게

뛰어갔다. 도훈이는 엄마를 향해 가려다 말고 내게 물었다.

아줌마, 아까 어디 산다고 했죠?
504동 805호.
그게 어디에 있죠?
저쪽…… 저 건물 뒤에, 뒤에, 뒷 건물이야.

도훈이는 고개를 떨어뜨렸다. 같은 아파트 단지 내의 얼마 떨어지지 않은 건물인데도, 자신에게는 너무 멀어서 도저히 찾지 못할 것이라는 표정이었다. 자주 좌절과 포기를 겪어본 아이의 얼굴이었다. 그리고 타박타박 우리에게서 멀어져갔다. 또 만날 수 있을 거야, 아이의 등 뒤에 대고 말해주었지만, 도훈이가 뒤돌아보지 않았기 때문에 그 말을 들었는지 어땠는지는 확인할 길이 없었다.

갑작스럽게 놀이의 산통이 깨어진 터라, 중빈도 심통이 났다. 자신은 집에 가지 않겠다면서 시무룩한 얼굴로 미연이가 걷어찬 그릇에 꽃밥을 쓸어담는다. 나는 소리 없이 깨어진 것을 복원하는 아이의 손놀림을 지켜보며 생각에 잠겼다.

도훈이의 엄마는 아이들을 사랑하지 않을까, 하고 묻는다면 어리석은 일일 것이다. 비록 순간적인 혹은 상습적인 짜증으로부터 아이들을 내쫓긴 했지만, 아이들이 어둑해져도 돌아오지 않자 걱정이 되었을 것이며, 이곳저곳으로 아이들을 찾아 헤매는 동안만큼은 온갖 최악의 상황들이 상상되어 가슴이 두방망이질 쳤을 것이다.

최악의 상황들……. 우리는 뉴스에서 그런 장면들을 자주 접한다. 갑작스런 사고 앞에서 오열하는 가족, 가슴을 쥐어뜯으며 아이의 이름을 부르거나 배우자의 이름을 부르는 사람들을. 그런데, 우리는 또 이토록 쉽게 그들의 다른 얼굴을 접한다. 늘 가까이 있기에 함부로 하고, 귀찮아 하며, 그 진정한 가치를 별로 알고 싶어 하지 않는다. 반복적으로 일어나는 문제 앞에서 넌덜머리를 내며, 내키면 품었다가 힘들면 내치고, 인내하기에 앞서 배설한다.

우리의 삶은 이처럼 오만하다. 내일도 모레도 삶이 계속되리라는 착각 앞에서, 오만함을 근사하게 포장해줄 금빛 자동차와 요란한 화장이 가장 큰 위엄을 유지하며 그 전면에 위치하는 것이다. 만약 인간이 태어난 날만큼이나 죽는 날을 분명히 알고 있다면, 착각은 이처럼 뻔뻔할 수 없고, 삶은 이처럼 오만할 수 없을 것이다. 우리는 사랑에 좀 더 충실해질 것이다.

사랑에 충실해진다, 하면 사람들은 당황한다. 어떻게 사랑에 충실할 것인가? "내가 너를 사랑하고, 그럼 너도 그걸 알아줘야지 달리 날더러 어쩌란 말이냐?"라고 묻는 것이 흔히 '이심전심'이라는 황당한 판타지가 횡행하는 한국 사회에서 저지르기 쉬운 실수다. 우리는 흔히 사랑을 선언이라고 생각하지만, 선언은 시작일 뿐 선언이 생명을 갖기 위해선 지속적으로 확인되어야만 하는 까닭이다.

일상 속에서 사랑에 충실하기란 의외로 간단하다. '표현'이 그 해답이다. 사랑하는 대상을 향한 우리의 의지의 선함을, 그 부드러움을 보여주면 된다. 부드러운 말 한 마디, 부드러운 눈길, 부드러운 미소, 부드러운 종이에 쌓인 장미 한 송이…….

도훈이와 미연이에게 당장 필요한 것도 약간의 부드러움이다. "내가 너희를 얼마나 사랑했는데……!" 가슴을 쥐어뜯으며 때늦게 오열할 엄마의 무지막지한 사랑은 지금도 이미 그곳에 있다. 존재하지 않는 것은 그것을 끌어내는 부드러움일 뿐이다. 부드러움만이 아이로 하여금 말을 더듬지 않게 할 수 있다. 부드러움만이 아이가 끝까지 꽃밥을 만들게 할 수 있다.

나는 선언한 뒤에 모든 것이 저절로 흘러가기를 바라는 사람인가?
아니면, 끊임없는 부드러움으로 선언에 생명을 불어넣는 사람인가?
지금 내 곁에 있는 사람이 진정으로 원하는 것은 또 한 번의 선언인가?
아니면, 작은 부드러움인가?

나는 눈을 감고 어깨에서 힘을 뺐다.
그리고 진지하게 생각에 잠겼다.

# 단순한 기쁨

아이와 종로를 걷다가 보도 한가운데에서 죽은 쥐를 발견했다. 거리에는 산타와 크리스마스트리가 내걸렸고, 캐럴이 흐르는 가운데 해질녘 사람들의 발걸음은 바빴다.

안 되겠어. 내가 여기서 쥐를 지켜줘야겠어.

아이는 쥐 옆에 버티고 서서, 사람들이 가까이 오려고 할 때마다 "으악! 쥐 있다, 쥐 ~~~!" 하고 소리를 질렀다. 길을 가던 아가씨들이 아이의 소리에 놀라 더 큰 소리를 지르거나 갑자기 몸을 비틀며 방향을 선회했다. 이미 쥐의 운명은 끝이 났지만, 그 끝에도 또 마지막이 있다면 그것은 뻔한 것이었다. 누군가의 바쁜 발길에 밟힐 것이고, 그로 하여금 비명을 지르게 한 뒤 그의 저주를 받을 것이었다. 미천한 쥐의 운명은 마지막의 마지막까지 그렇게 모욕 당할 것이었다.

나는 인간의 일방적인 문명 속에서 길짐승들이 목숨을 잃고 널브러져 있는 것을 대할 때마다 일방적인 문명의 일원으로서 순간적으로 책임감을 느끼곤 했지만, 한 번도 '정말로' 책임을 져본 적은 없는 듯했다. 늘 그들의 죽은 몸을 돌보기에는 조금씩 바쁘거나, 치워줄 적당한 도구가 없거나, 그 외의 다른 변명들이 있었다.

하지만, 오늘은…… 그냥 갈 수가 없다. 개인으로서의 나는 변명으로 똘똘 뭉쳤어도 그냥 그런대로 살아갈 수가 있지만, 엄마로서의 나는 이 망설임과 방관을 아이에게 그대로 배우게 할 수가 없기 때문이다. 아이가 먼저 지켜줘야 한다고 외치고 나섰을 때라면 더더욱.

우리가 쥐를, 저쪽 가로수 있는 길가로라도 치워주면 좀 낫지 않을까?
음…… 그러면, 엄마, 나처럼 나무에 쉬를 하려는 아이가
밟지 않을까?
홋, 그럴 수도 있겠지만, 엄마 생각에는 괜찮을 것 같아.
그 아이는 서서 쉬를 할 테니까 쉬하기 전에 발견할 수 있을 거야.
하지만 여기 있으면 빨리빨리 걷는 사람들에게 반드시 밟히고 말걸.
하지만 어떻게?

어떻게? 주변을 둘러보니, 쓰레기통 가장자리에 종이컵이 세워져 있다. 그 외에는 아무것도 없다. 오늘따라 서울은 나무젓가락 하나 없이 깨끗하다. 종이컵을 들고 왔다. 쥐의 죽은 몸에 붙이고 살살 밀어보려 하지만, 얇은 종이컵을 통해 20센티미터는 족히 넘는 쥐의 물컹한 감각이 그대로 전해지자, 나는 이내 질겁하고 만다.

중빈아, 네가 해볼래? 너는 커다란 벌레도 잘 잡잖아.
오…… 난, 난 못할 것 같은데…… 이건, 이건 벌레가 아니잖아.
그래…… 네 말이 맞다.


우리는 어둠이 내린 거리에서 이러지도 저러지도 못한 채로 누군가 먹다 남은 커피가 담긴 컵을 들고 그대로 서 있었다. 보도 한가운데에서 가장자리까지 2미터가 조금 안 되는 거리는 마치 대서양처럼 드넓게 느껴졌다.


불쌍하다……


중빈이 몇 번 중얼거리더니 "아! 이렇게 하면 되겠다!" 하고 눈을 빛낸다.


내 킥보드 밑에…… 이렇게 쥐를 넣고………
뒷바퀴에 걸쳐서…… 천천히 밀면…… 되잖아!


킥보드의 발판은 제멋대로 좌우로 돌아갔다. 우리는 쥐가 바퀴에 깔릴까 노심초사하면서 조금씩 조금씩 가장자리까지 밀어붙였다. 생각보다 긴 시간이 걸렸다. 마침내 한쪽 구석에 온전히 옮겨진 쥐. 중빈이 함박웃음을 지으며 다시 킥보드에 올라탔다. 나는 그 뒤를 종종걸음으로 따랐다.
이렇게 단순하고 순도 높은 기쁨이 있을 수 있을까? 죽은 쥐에 경악하고 지나치는 인간과 그것을 길옆으로 치워주고 지나가는 인간 사이에는 분명한 차이가 있다. 나라는 인간은 경악하고 지나가는 인간이지만, 아이가 곁에 있는 한, 나는 그것을 길옆으로 치워주는 인간이 된다.



아이의 얼굴은 격앙되어 꽃처럼 피어올랐다.



아이는 어디서 그런 힘이 났는지 두어 번 땅을 차더니 쏜살같이 멀어진다. 거울을 보지 않아도, 나도 내 얼굴이 보이는 듯하다.

아이가 꽃처럼 피어오를 때, 나도 똑같이 피어오르니까.

# Microcosmos

사랑에 빠진다는 것은 또 다른 우주를 알아가는 일이다.

나는 벌레를 좋아하지 않았다. 어쩌다 그들이 내 옷에 들러붙으면, 가차 없이 비명을 질렀다. 그들이 떼 지어 먹이를 뒤덮고 있는 현장을 목격하면 그 치열한 생명력에 숨이 막혔다. 파리 한 마리조차 제대로 죽이지 못했지만, 그것은 미시적인 그들만의 세계를 존중해서라기보다는 생명을 해치지 않는다는 자기원칙에 충실하기 위해서였다. 나는 그저 그들이 내 '눈에 띄지 않는' 곳에서 생태계의 일부로서 주어진 몫을 조용히 해내기를 바랐는지도 모르겠다. 서로의 세계를 무시하진 못하되, 가능하면 마주치지 않기를 바라면서.

아이가 벌레에 관심을 보이기 시작하면서, 그들이 내 눈에 띄지 않기를 바라는 요행은 끝이 났다. 나는 팔자에도 없이 그들에게 시간을 할애하게 되었다. 지렁이가 길을 건너가도록, 거미가 집을 다 짓도록, 자벌레가 나무 꼭대기까지 올라가도록…….

그들의 움직임은 정교했다. 내 속눈썹보다 훨씬 짧은 더듬이 두 개로 자신이 갈 길을 정확히 찾아갔다. 그들의 몸피에 비하면 엄청나게 거대한 뇌를 가진 내가 서른다섯 해씩이나 살고도 앞으로 나아갈 길을 찾지 못해 가끔 헤매는 것에 비하면 그것은 정말이지, 놀라운 능력이었다.

하지만, 그들의 각양각색 살갗은 여전히 건드리기 이물스러웠다. 나는 만지지도 못하면서, 그리고 반드시 진심도 아니면서 벌레를 들여다보는 아이에게 늘 말했다.

정말 예쁘지 않니? 한번 만져봐.

그러던 어느 날, 알게 되었다. '마인드 트레이닝'이란 것이 정말로 가능하다는 것을. 아이를 위해 "예쁘다, 예쁘다" 같은 말을 반복했던 내게 정말로 언제부터인가 벌레가 아름답게 보이기 시작한 것이었다. 기름을 묻힌 듯 햇빛에 검은 윤을 내는 톱하늘소, 애무하듯 꽃에 매달려 즙을 빨아올리는 꿀벌, 너무나 단순한 신체기관을 지니고서, 너무나 정직한 신진대사에 온 생을 바치는 지렁이. 뿐인가, 속칭 방귀벌레라 불리는 노린재는 노린재'목'으로 따로 분류되어 있을 정도로 그 가짓수가 다양했다. 흔히 알고 있는 둔탁한 투구 모양의 큰허리노린재뿐 아니라, 사람 허리처럼 등 가운데가 잘록한 시골가시허리노린재 등 감탄이 나오리만치 늘씬하고 아름다운 노린재들이 실로 변화무쌍하게 존재했다. 그들은 저 멀리 지리산 청정지역에 숨어 있는 것이 아니라, 볕이 따스한 봄날 오후 잠깐 짬을 내 화단을 들여다보면 기다렸다는 듯이 바로 거기서 고개를 쳐들었다. 내가 그 아름다운 것들과 마주치지 않기를 바랐다는 것이…… 놀랍고도 부끄러웠다.

그렇게 알게 모르게 나는 변화되었다.

내가 변화하는 사이, 아이도 변화되었다. 관찰만 즐겼을 뿐 직접 만지기는 꺼려하던 아이가 콘크리트 길 위의 지렁이를 덥석 손가락으로 집어들어 화단 속으로 내려놓아주거나, 어렵사리 찾아낸 청개구리를 소중하게 손으로 보듬어 애정을 표현한 뒤 풀숲에 놓아주고 안전하게 사라질 때까지 뒷모습을 바라보게 되었다. 그럴 때 아이의 얼굴은 의기양양했고 사랑이 넘쳤다. 아이는 벌레를 통해 자신보다 작고 힘없는 존재들의 치열한 신비를 배웠다. 작고 약한 것에게 자신의 힘을 나누어줄 때의 즐거움도 함께 배웠다.

꼬물거리는 한 마리 미미한 벌레로부터 거슬러 올라가는 종의 기원. 그 무한한 시간의 펼쳐짐에 생각이 미치노라면, 나 또한 모든 생을 이어가는 방법의 존엄성에 대해 다시 생각해보게 된다. 어느 날 아이에게 책을 읽어주다가 다음과 같은 구절과 맞닥뜨렸다.

당신 곁에서 모기가 윙윙대는 작은 소리를 들은 적이 있나요?
그 소리는 모기의 날갯짓입니다.
모기의 날개는 1초에 천 번 정도 움직이지요!

1초에 천 번이라! 나는 깨달았다. '생명의 존엄함'이란, 피를 빨고 빨리는 관계에서의 우위, 혹은, '피를 빤다'라는 생존방식 자체의 천박함(이나

고결함)과는 아무런 관계가 없다는 것을. 어차피 먹이사슬의 일부로서 존재하며 서로가 서로에게 빚을 지고 있는 이상, 누가 먹이사슬의 위쪽에서 우아한 자태를 취하는가를 따지는 것은 무의미하기 때문이다. 다시 말하자면, 우리가 흔히 이야기하는 생명의 존엄성이란, 바로 그 '천 번의 날갯짓' 속에 동등하게 존재하는 것이다.

그날 이후, 나는 존중하기 힘든 사람의 삶의 방식과 마주친다 하더라도, 그것에 부드러운 상상력을 가미하기 위해 노력한다. 마치 그렇게 하면, 보이지 않는 곳에서 1초에 천 번씩 계속되는 힘겨운 날갯짓이 눈앞에 드러나게 되기라도 하는 것처럼. 그리고 중얼거리곤 한다.


아무리 하찮은 생의 방식도 땀을 흘린다……


나는 내 아이를 사랑한 것뿐인데 덕분에 새로운 우주를 선물 받았다. Microcosmos. 이 작고 느리고 충실한 것들로 가득 찬 우주를 날마다 조금씩 더 알아가는 기쁨이 아직 채 끝나지도 않았건만……, 최근 들어 로켓에 심취한 아이가 내게 새로운 질문을 한다.


우주 밖에는 뭐가 있어? 내 생각엔……
우주가 끝나면 아무것도 없을 것 같아.


지구과학이라면 가방끈 10센티미터도 안 되는 엄마가 화성, 목성 외기도 바쁜데 우주 밖이라……. 휴, 이제 또 '진짜 우주'에 대해 알아볼 차례가 된 모양이다.

# 어느 날, 알게 되었다.

'마인드 트레이닝'이란 것이 정말로 가능하다는 것을.

아이를 위해 "예쁘다, 예쁘다" 같은 말을
반복했던 내게

정말로 언제부터인가
벌레가 아름답게 보이기 시작한 것이다.

# 삼십대의
## 섹시함

모든 미의 기준이 나이와 더불어 자연스레 바뀌어 간다. 내 경우 가장 많은 변화를 겪은 것은 남성의 '섹시미'이다. 나에게 섹시함이란 성적인 것을 의미하기보다는, 단번에 이성을 (혹은 동성까지도) 확 끌어당기는 극히 사적이면서도 강한 매력을 의미한다. 그것은 목소리일 수도, 눈빛일 수도, 한마디 말일 수도, 그 모든 것을 총괄한 기운일 수도 있다.

얼마 전 중빈과 함께 찾은 영화관에서 정말로 섹시한 남자를 본 적이 있다. 그는 초등학교 저학년쯤 되어 보이는 두 명의 딸을 데리고 왔다. 주말에 가족동반이 요구되는 공간(놀이동산이나 쇼핑몰 등)에 엄마와 아이만 따로 왔다면, 이건 적신호다. 주중 내내 가족과 교류가 없었던 아빠가 '나도 좀 쉬자'며 십중팔구 집에서 낮잠을 자고 있는 경우다. 폭발 직전의 엄마가 '남들 다 가는 놀이동산에도 한 번 못 가보는 불쌍한 내 새끼들'을 위해 혼자 데리고 나온 경우가 다반사이며, 당연히 가족 간의 소통도 원활하지 못하다.

그런데 이런 공간에 엄마를 빼고 온다면 얘기가 달라진다. 이런 가정의 아빠들은 대체로 육아의 수고로움을 알며 그것을 존중할 줄 아는 사람들이다. 그리고 무엇보다도, 주중에 떨어져 있던 아이와 같이 시간을 보내고 싶어 '스스로' 몸살이 나 있는 사람들이다. 아마도 이런 아빠의 배려 속에서 그 가정의 엄마는 친구를 만나거나 홀가분하게 혼자만의 시간을 보내고 있겠지. 이런 분담이 융통성 있게 이루어지는 가정일수록 '부모'로서도 유능한 경우가 많다. 엄마는 생기 있고 발랄하게, 아빠는 섬세한 눈높이로 아이들을 대한다.

영화관의 그 남자는 이미 딸들과 영화감상을 마친 뒤였다. 두 딸을 테이블 앞에 앉혀놓고 다정하게 이야기를 나누고 있었다. 영화 내용 가운데 딸들이 이해하지 못한 부분에 대해 설명을 해주었고, 특정 장면을 어떻게 이해했는지 서로 다른 의견을 교환하기도 하였다. 아이들을 바라보는 그의 태도는 마치 중요한 업무회의라도 진행하는 듯해서, 그 진지함의 무게가 몇 테이블 떨어져 앉은 우리에게까지 전달되는 것만 같았다.

그들의 '회의'가 계속되는 동안, 중빈이 뛰어다니기 시작했다. 아이는 손 안에 쥐어지는 작은 공을 가지고 놀았는데, 마침 공이 회의 중인 그들 쪽으로 굴러가버렸다. 아이는 아무 생각 없이 그리로 가서 공을 집어든 뒤 머리를 들어올리려 했다. 그런데 공교롭게도 아이의 머리가 테이블 모서리에 부딪히려 하고 있었다. 아이가 공을 줍고 머리를 들어올리는 그 짧은 찰나, 그 남자의 손이 0.1초 정도 앞서 테이블 모서리를 감쌌다.

남자는 중빈을 보고 있지조차 않았다. 중빈이 고개를 들기 전이나, 혹은 자신이 미연의 사고를 막아준 그 이후에도, 자신의 딸들에게만 시선을 못 박아 두고 있는 채였다. 그는 영화의 어떤 장면을 딸들에게 설명해주기 위해 두 손으로 무언가를 그리고 있었는데, 마치 뒤를 돌아보지 않고도 손가락으로 뒤에 있는 적의 급소를 가격해내는 이소룡처럼, 순식간에 손을 뻗쳐 중빈을 보호하고, 아무 일도 없었다는 듯 그 손을 들어올려 다시 그림을 그리는 것이었다.

아이를 키워보기 전에는 이것이 뭘 의미하는지 모른다. 어린아이의 머리를 보호해주는 손에 멋진 근육이라도 붙어 있다면 매력을 느낄까. 그러나 하나의 독립된 가정을 꾸려나가는 삼십대 중반, 삶의 피로함이 구석구석 묻어나는 이 시기에는 손에 붙어 있는 근육 따위는 아무래도 좋다. 심지어 거기 커다란 점이나 혹이 붙어 있대도 개의치 않는다. 중요한 것은 손이 아니라 '손길'인 것이다.

이 잠깐 동안 파악된 그의 존재는 참으로 여러 사람에게 공히 신경이 배분되어 열려 있는 것이었다. 아내에게, 딸들에게, 자신의 곁에서 뛰노는 아이에게. 그리고 이러한 배려는 그들 각자의 삶에 깊이 관여하고 마음으로써 푹 잠겨보지 않으면 결코 필요한 순간을 포착하여 베풀 수 없는 성격의 것이다.

그러니…… 십대에 방황하는 영혼을 지닌 창백한 얼굴의 남자가 섹시하고, 이십대에 사랑에 연루되어 있는 남자의 뜨거운 눈빛이 섹시하다면, 삼십대에 자신의 아이를 회사 일만큼이나 진지하게 대하고, 아내에게 홀로 자아를 되찾을 시간을 주며, 그 와중에 타인의 아이까지 본능적으로 살필 수 있는 마음과 운동신경을 고루 갖춘 남자…… 어찌 섹시하지 않을 수 있을까.

# 에둘러 말하지 않기

우리 한국인들은 돌려 말하는 경향이 있다. 감정을 드러내는 것이 익숙지 않은 까닭이다. 문화적으로도 감정을 억제하는 것이 성숙의 지표로 여겨져왔고, 학교라는 공간에서는 편리한 대로 그 성숙을 강요해왔다. 나 또한 익숙한 대로 돌려 말할 때가 있다. 이를테면 남편이 늦게 돌아왔을 때.

뭐야, 너무 늦었잖아.

이런 말은 효용성 면에서 볼 때에도 참 무익하다. 늦은 것은 남편도 알고 나도 안다. 다 아는 것을 지적하는 것 외에는 별다른 소통의 역할을 해내지 못하는 그야말로 무의미한 말이다. 아마 남편도 쓸데없는 말로써 대응할 것이다.

내가 늦고 싶어서 늦었냐?

그러나 같은 상황에서 적극적으로 소통하고자 한다면, 아마도 나는
달리 말하리라.



이것은 매우 '정직한' 마음상태의 표현이다. 이렇게 말한다면 남편은
자기방어적이 될 리 없다. 그랬구나, 이해하게 되면서 동시에 "실은 내가 오
늘 왜 늦었냐면……" 하고 자신의 입장을 이해시키려 애쓰게 될 것이다. 소
'통'하게 되는 것이다.

그럼에도 우리가 무의미한 선에서 건성으로 말을 주고받고, 건성으로
싸우다 등을 돌리게 되는 이유는 '정직해지기 위한 노력'을 아끼기 때문이
다. 나와 타인에게 정직해지려면 나와 타인을 동시에 존중해야만 한다. 나
자신을 존중하는 마음으로부터, 한 번 더 내가 부정적인 감정이 드는 이유
에 대해 마음을 들여다보는 노력을 해주어야 하고 타인을 존중하는 마음
으로부터, 들여다본 결과물을 성실히 전달하려는 노력을 해주어야 하는
것이다. 그리고 나서는 서로 열심히 귀 기울여야 한다. 그런데 우리는 대체
로 '저 지겨운 인간'을 더 이상 존중해주기 싫은 지점에서 노력을 멈춘다. 소
'통'이 정체되는 것이다. 노력이 멈춘 시간이 길어질수록 회복도 더디다.

아이들도 (당연히) 우리의 화법을 배운다. 이야기를 할 때 상대의 시선
을 피해 눈을 돌리는 작은 것에서부터, 정말 원하는 것을 끝끝내 털어놓지
않는 큰 것에 이르기까지, 생각보다 굉장히 이른 나이부터 에둘러 말하는
화법이 몸에 익는 것이다. 가정 내 분위기가 진실을 은폐하고 살얼음을 걷

는 분위기라면 아이들은 본능적으로 이를 터득하고 더욱더 강하게 이 화법을 구사한다.

A의 아버지는 언뜻 굉장히 앞서가는 사람처럼 보였다. 만날 때마다 여성의 권익과 일할 권리에 대해 열변을 토했고, 출산이나 육아 등을 적절히 지원 못하는 사회제도에 대해서 안타까움을 토로했다. A의 어머니는 그럴 때마다 고개를 끄덕끄덕하며 곁을 지켰다. 그러던 어느 날 A의 어머니와 단둘이 마주하게 되었다. 화제가 남편으로 옮겨가자 그녀는 눈물을 떨구기 시작했다.

> 그 사람은 자꾸만 저보고 나가서 돈을 벌어오라고 그래요.
> 마땅히 오라는 곳도 갈 곳도 없는데 말이에요.
> 눈만 마주치면 돈 잘 벌어오는 다른 마누라들을 운운하더니,
> 이젠 애들 앞에서 드러내놓고 제 무능력함을 비웃곤 해요.
> 반찬이 입에 안 맞으면 네가 잘 하는 게 뭐냐?
> 빨래에 얼룩이 남아 있어도 네가 잘 하는 게 뭐냐?
> 정말이지, 노래방 도우미라도 나가야 할 것 같아요……

처음 놀러 왔을 때, A는 미안하다는 말을 하지 않았다. 아이들 간의 다툼이란, 발을 밟았거나 모르고 책을 찢었거나 하는 등의 간단한 이유에서 비롯되기 때문에 "미안해" 하면 바로 정리되기 마련인데, A는 끝까지 미안하다는 말을 하지 않았다. 대신 자꾸만 다른 핑계를 달아 제대로 놀지도 못하고 언쟁만 확대되었다.

어느 날, 나는 A를 앉혀놓고 눈을 맞추면서 말했다.



그리고 나는 "자, 봐" 하곤 일부러 중빈에게 살짝 부딪히고는 "미안해" 했다. 사사건건 길어지는 언쟁에 얼굴이 벌개진 중빈이 진지하게 협조하며 "괜찮아" 해주었다.

그토록 간단한 것을 지금껏 모르고 힘들게 살았다는 듯, A는 이후 너무나 수월하게 '미안해, 괜찮아'의 세계에 발을 들였다. 굳이 미안해 하지 않아도 좋을 상황에서조차 "미안해" 하고는 깔깔거렸다. 하지만 이런저런 이유로 몇 달간 뜸하다 오랜만에 놀러 왔을 때, A는 다시 제자리였다. 중빈의 종이팽이를 밟아 찌그러뜨렸을 때 중빈이 화가 났고 A가 말했다.

그거 과자 사면 또 나오는 거잖아. 형아는 뭘 그런 걸 갖고 그러냐.

다시 언쟁이 길어졌다.

이건 아무 과자나 사면 나오는 팽이와는 달라.
내가 아끼는 특별한 거란 말야.
특별하긴 뭐가 특별해. 그 과자는 다 오백 원이면 사는데……

나는 '미안해, 괜찮아'의 세계를 한 번 더 구축하기 위해 처음부터 다시 시작해야 했다.
중빈의 깜찍한 외사촌 동생 리온이가 놀러 왔을 때, 우리는 함께 공원으로 저녁 산책을 갔다. 내가 각종 기구가 있는 곳에서 운동을 하는 동안 중빈은 리온과 놀이터에서 놀겠다고 했다. 리온은 곧바로 말했다.

난 여기서 운동할래.

놀이터에서 놀고픈 중빈이 설득에 나섰다.

왜? 저기 놀이터 되게 재밌어. 밧줄 타는 것도 있고 흔들다리도 있어.
아니, 난 운동하는 게 더 재밌어.

놀이터보다 저녁 운동이 더 재미있는 여섯 살 꼬마라니…… 나는 리온에게 말했다.

리온아, 깜깜한 게 무서운 건 아주 자연스러운 거야.
어른들도 깜깜한 걸 무서워하는 사람이 있는걸.
놀이터에는 가고 싶은데 고모가 같이 안 가는 게 무서워서
그런 거라면, 그렇게 솔직하게 말하는 게 가장 좋아.
그래야 고모도 네 맘을 알 수 있고 오빠도 네 맘을 알 수 있으니까.

아이다운 유연함으로 리온은 금세 말을 바꿔주었다.

고모, 난 깜깜한 게 무서워요. 놀이터에 같이 가주었으면 좋겠어요.

정직해지면, 편이 생긴다. 중빈이 리온을 거든다.

리온아, 걱정 마. 오빠가 잘 돌봐줄게.
나랑 신나게 놀다보면 하나도 무섭지 않을 거야.

나도 거든다.

그래, 고모도 놀이터 옆 공터에서 뛰면 되겠다.
왜 그 생각을 못 했지?

아이들이 배시시 웃는다.
우리는 모두 힘차게 놀이터를 향해 뛰어갔다.

# 당신이
## 사랑을 찾는다면

나는 늘 손이 차다. 생각해보면, 연애할 때 내 손은 늘 남편의 따뜻한 손안에 들어가 있곤 했다. 아이가 생기고 나자, 손이 찬 것은 미안한 일이 되었다. 기저귀를 갈 때마다, 몸이 아픈 아이를 어루만질 때마다, 그 얼음 같은 차가움은 마치 아이가 작은 몸으로 열심히 만들어낸 온기를 빼앗는 느낌조차 들 지경이었다.

그런데 언제부터인가 아이가 시도 때도 없이 내 목에 입맞춤을 한다. 집 안에서나 사람들이 많은 바깥에서나 뽀뽀를 하고 싶을 때면 전혀 개의치 않고 "엄마, 목!"을 외친다. 이유는 하나.

목은 항상 따뜻해. 겨울에도 식지를 않아.

듣고보니 정말 그렇다. 손이 찬 엄마를 둔 아이는 아기일 때부터 엄마의 이곳저곳을 탐색하면서 본능적으로 그것을 알아냈던 것이다.

사랑이라는 건 그런 것 같다. "너는 왜 손이 차니?" 힐난하지 않고,

"손 좀 따뜻하게 할 방법이 없나 생각해봐" 요구하지 않는다. 그 사람과 함께 따스함을 나누고 싶다면, 그가 미미하게나마 발열을 멈추지 않는 한 지점을 성실히 찾아내 이렇게 말해주는 일이다.

네게도 따뜻한 곳이 있어. 나는 그게 참 좋아.

솔직하게 말하자면, 엄마가 되기 전 나는 꽤 자주 주변인들에게 "손 좀 따뜻하게 할 방법이 없나 생각해봐"라고 말을 했었다. 그리고 '너는 왜 손이 차니?' 비난하고 싶은 것을 애써 참았으므로, 내가 그들을 사랑하는 것이며 그들을 위해 오늘 최선을 다했다고 생각하곤 했다. 이미 그들에게 손을 따뜻하게 할 기회와 시간을 주었으므로, 그들의 손이 여전히 차다면 그것은 그들 자신의 책임이라고 생각하곤 했던 것이다. 그것이 내가 아는 사랑의 전부였다. 그것이 내가 가진 사랑에 대한 오해였다.

아이의 작은 입술이 내 목에 닿을 때마다, 나는 다시금 사랑에 대한 경박한 오해를 떠올리게 된다. 그 오해 때문에, 사랑한다고 말하면서도 깊이 사랑하지는 못했던 내 생의 많은 사람들을 떠올리게 된다. 아이는 마치 내게 이렇게 일러주는 것만 같다.

당신이 정말로 사랑을 찾는다면
'내가 이만큼 걸어왔으므로 이제 내 모든 힘을 다 쏟아부었다'고 느낄 때
거기서 딱 한 걸음, 더 걸어야 합니다.

그곳이 당신이 찾아 헤맸던 지점,

그 사람의 따뜻한 목이 숨어 있는 지점이랍니다.

# 사랑은 낮은 곳에

누군가 내게 말했다.

어떤 아이들에게는 부모의 노력이 아무 소용이 없어요.
아무리 애를 써도 되지 않는 아이들이 있는 거죠.

그때 나는 조금 격앙된 어조로 이렇게 말했던 것 같다.

당신이 아이에게 하는 말 한 마디, 아이를 바라보는 한 번의 눈길,
귀 기울임, 아이를 쓰다듬는 손길, 한 번의 포옹,
그 모든 것이 정확하게 쌓여 '바로 그' 아이가 됩니다.
아이들은 부모가 주는 것의 총합입니다.
그들만의 신비스러운 능력으로 주는 것 이상의 합을
도출해낼 수는 있지만, 그 이하의 합을 만들어내지는 않습니다.
당신이 아이에게 주었다고 생각한 것만큼

이것은 '부모가 의도한 대로 아이를 만들 수 있다'는 이야기가 아니다. 아이 미래의 목표를 부모가 대신 설정하고, 그 목표를 얼마나 잘 성취하고 있는가를 측정하고, 측정치가 시원찮을 때마다 아이를 체벌하고 좌절시키는 저 유명한 한국식 호랑이 교육법에 대한 이야기가 아니다. 정반대의 이야기다. 있는 그대로의 아이에게 '조응'하고 아이를 '응원'하는 방식에 대한 이야기이다. 부모가 엄격한 심판자가 아닌 만만한 동반자가 되는 것, 그로써 생의 소소한 '순간'을 함께하는 기쁨을 누리는 것에 대한 이야기인 것이다.

'순간'을 소중히 하며 조응하고 응원하는 것. 이것은 부모와 아이 사이에만 해당되는 일일까? 어린 자녀가 생활의 중심부에 놓이는 삼십대 중반, 부부는 육아의 피로 때문에 제대로 배우자의 얼굴을 들여다볼 짬조차 없다. 아내는 출산 후 아기에 집중하느라 남편도 자신도 살필 겨를이 없고, 남편은 (한때 남자답다고 사랑받았음에도) 바야흐로 여성스럽지 못하다며 구박받는다. "아니, 나이 서른 넘은 남자가 애 기저귀 하나 똑바로 못 갈아!!!" 부모로서의 책임이 풀타임으로 가동되는 동안, 남녀로서의 사랑은 급격히 식는다.

우리는 에로스적 사랑보다 아가페적 사랑을 높은 자리에 둔다. 그 이유 중 하나는 이 '순간'을 소중히 하는 힘의 지속성에 대한 경외 때문이 아닐까. 에로스적 사랑은 쉽게 변하지만, 아가페적 사랑은 역경 속에서도 계속된다. 바꿔 말해, 에로스적 사랑을 아가페적인 것으로 한 차원 드높이려면 매 순간을 변함없이 소중히 하는 것이 그 한 방법이 되는 것이다.

언젠가 친구에게 물었다. 다들 자신의 결혼생활에 대해 흔들리고 회의하기 시작하는 삼십대 중반에, 자신은 남편과 살면 살수록 확연히 사랑이 깊어지는 것을 느낄 수 있다는 친구였다. 그녀와 남편은 성격도 판이하게 달랐고 문화적 코드도 전혀 맞지 않아서, 당연히 서로를 속속들이 이해한다든가 하는 것과는 거리가 먼 부부지간이었다.

비결이 뭐야?

친구의 대답은 의외로 간단했다.

글쎄…… 우린, 상처가 될 만한 말은 하지 않아.
그리고 서로가 하는 일에 대해 참 잘 한다고 생각해줘.
내가 너라면 이만큼은 못 해낼 거라고.
그러면 그 사람이 기특하게 생각돼. 밥 먹는 모습도 예쁘기만 하지.
또 고맙게도 여겨져. 이마에 생긴 주름도 안쓰럽기만 하지.
그러니 참 고맙고도 예쁘다 싶어 하루에도 여러 번
불쑥불쑥 뽀뽀하게 되고……

나는 그때 그 친구의 말을 그다지 새겨듣지 않은 듯했다. 왜냐하면, 그로부터 꽤 많은 시간이 흐른 후 드물게 또 "나는 내 배우자를 점점 더 사랑하게 되는 것 같다"고 말하는 사람을 만났을 때, 같은 질문을 던졌고 그의 대답에 뒤통수를 얻어맞은 듯했기 때문이다.

글쎄요…… 우린, 상처가 될 만한 말은 하지 않아요……

사랑은 어려운 것이 아니다.
주기 싫고, 참기 싫은 우리가
그것을 어렵게 만들 뿐이다.

사 랑 은  지 금  이 ‘순 간’
낮 은  곳 에  있 다.

당신이 정말로 사랑을 찾는다면

'내가 이만큼 걸어왔으므로
이제 내 모든 힘을 다 쏟아부었다고' 느낄 때

# 거기서 딱 한 걸음,
#          더 걸어야 합니다.

그곳이 당신이 찾아 헤맸던 지점,
그 사람의 따뜻한 목이 숨어 있는 지점이랍니다.

# 나누면
## 축복이 됩니다

지금도 싱크대 앞에 서서 밥을 짓노라면 떠오르곤 한다. 어릴 적 부지런하신 엄마가 부엌에서 달그락달그락 내던 소리. 어둠이 채 가시지 않은 새벽, 이부자리에 누워 문틈으로 새들어오던 부엌의 불빛과 그 소리들을 나는 꽤 자주 행복한 자장가마냥 들으며 누워 있었다.

아이가 나들이를 가는 날, 나도 평소보다 일찍 일어나 손바닥만큼씩 꼬마김밥을 싸주곤 한다. 아이의 도시락을 싸주는 것은 즐거운 일이다. 친구들 앞에서 도시락을 펼칠 때의 설렘, 엄마의 맛깔진 솜씨에 대한 자긍심……, 그 모든 즐거움을 느끼게 되는 순간을 잘 기억하고 있기 때문이다. 조잘조잘 떠들며 아이들이 다른 친구의 김밥을 맛보는 그림을 그려보노라면, 나도 아이와 함께 그 나들이에 함께하는 것만 같다.

늘 먹는 것에 정성을 다하셨던 엄마의 김밥에는 언제나 쇠고기산적이 들어 있었다. 그 시절 너 나 할 것 없이 분홍색 소시지를 김밥에 넣었던 것을 생각한다면, 그것은 굉장한 지출이었을 것이다. 하지만 사랑과 정성을 받는 것에만 익숙한 막내였던 나는 한참 더 클 때까지도 왜 엄마의 김밥이 남다른 맛을 내는지, 그 비결에 대해서는 정작 알지 못했다.

중빈과 집에 돌아오는 길에 도훈이를 만났다. 멀리서 도훈이가 나를 알아볼 때의 표정은 언제나 웃음이 난다. 두 눈썹이 위로 쭉 올라가고 입은 쩍 벌어져 턱이 아래로 뚝 떨어진다. 마치 오랫동안 그리워하던 친구를 만났을 때처럼. 도훈이를 초대해서 저녁을 함께 먹었다. 돈가스를 먹으며 이런저런 이야기를 나누던 중에 도훈이는 내게 새로운 사실을 알려주었다. 지난 번 도훈이가 엄마라고 불렀던 사람이 실은 도훈이의 고모라는 것.

엄마는 다른 데 살아요. 우리가 크면 볼 수 있대요.
지금은 고모네서 아빠랑 같이 살아요.
저런…… 엄마가 많이 보고 싶겠구나.
네. 하지만 저는 참고 있어요. 미연이도 참고 있고요.

도훈이의 가정상황을 알게 되었기 때문일까. 그 아이가 하는 말 한 마디 한 마디가 조금씩 가슴을 저리게 한다.

와~! 중빈이 방에는 없는 게 없네요. 아니, 있는 게 다 있네요!
우리 집에는 장난감이 거의 없는데……
이건 아줌마랑 아저씨랑 결혼할 때 사진인가봐요?
와~ 둘이서 뽀뽀하네.
결혼을 하면 이렇게 서로 사랑하고 살아야 하는 건데.
우리 엄마 아빠는 그렇지 못했어요……

중학생 때의 일이다. 소풍을 가 김밥을 내놓고 먹을 때였다. 툭 하면 결석을 하고, 출석을 한 날에는 반 아이들을 심심찮게 못살게 굴던 두 아이가 짝을 지어 다니며 아이들 도시락에서 제멋대로 김밥을 걷어갔다.

마침내 그중 하나가 내 도시락에 새빨간 매니큐어가 칠해진 손가락을 집어넣으려 할 때였다. 나는 참을 수가 없었다.



왜, 떱냐?



까짓 김밥 몇 개 가지고 치사하게…… 내가 거지냐? 일일이 물어보게?



티격태격 말싸움 끝에 그 아이가 옆에 있던 머리통만 한 돌덩이를 집어들며, 핏발 선 눈으로 나를 노려보았다.

너 찍는다!



아이들이 어딘가로 뛰어갔다. 뒤이어 선생님이 뛰어오셨다. 그렇게 우리들의 싸움은 일단락됐다. 나는 내 도시락으로 돌아왔고, 고기가 들어간 내 김밥은 온전히 지켜졌으며, 그날 촬영된 사진이 남아 있는 것으로 보아, 그리고 그 사진 속 얼굴이 즐거운 것으로 보아, 아마 여느 때와 다름없이 즐거운 소풍날을 보낸 것 같다.

그날의 기억을 떠올리노라면, 지금도 나는 퍽 가슴이 아프다. 그날 내가 온전한 도시락으로 상징되는 나의 '온전한 일상'으로 돌아갔듯이, 그 아이는 자신만의 '불안정한 일상'으로 돌아갔을 것이다. 선생님은 그 아이를 구석으로 데려가 노랗게 탈색한 머리를 쥐어박으며 야단쳤을 것이고, 그 아이는 늘 그러했듯 "씨팔, 씨팔……" 중얼대며 분노의 크기를 더 키웠을 것이다.

그때 나는 알지 못했다. 단지 내가 가진 것이 더 많기 때문에 그 아이보다 더 옳을 수 있었다는 것을. 내게는 도시락이 있었고, 그것을 싸준 엄마가 있었으며, 그렇게 '정상적'으로 소유한 것들이 있은 후에야 그것을 수호하기 위한 '정당한' 싸움이 성립된다는 것을.

두말할 것도 없이, 그 아이는 불우했을 것이다. 엄마가 없거나, 있다 해도 도시락에는 신경을 쓸 겨를이 없는 사람이었을 것이며, 그렇게 불평등하리만치 소유한 것이 없는 아이가 할 수 있는 자연스런 행위는 남의 것을 빼앗는 것뿐이었으리라.

내가 지금 알고 있는 것을 그때에도 알고 있었다면, 그 아이가 그렇게 비참한 구걸을 시작하기 전에 내가 먼저 내 도시락을 나누어줄 수 있었을 것이다. 그때 그 선생님이 조금이라도 그 아이의 마음을 헤아릴 줄 알았다면, 같이 싸움을 한 둘 모두를 동시에 나무라면서 나로 하여금, 한 번쯤 가지지 못한 친구의 입장이 되어보게끔 해주었어야 옳다.

하지만, 현실은 그렇지 못했다. 나는 미성숙했으며, 내가 거친 학교의 선생님들은 학생의 다친 마음보다는 늘 다른 잡무에 더 관심이 많았다.

도훈이와 중빈이가 장난감이란 장난감을 다 꺼내놓고 한바탕 놀았다.

내가 말하자, 중빈은 바닥에 벌러덩 드러눕고 도훈이는 군말 없이 장난감을 줍기 시작한다. 아이들에게 장난감을 정리한다는 것은 너무나 유혹적인 일이다. 마치 초콜릿을 좋아하는 사람에게 '흩어진 초콜릿을 하나도 먹지 말고 줍기만 하라'는 것과 같은 일이기 때문이다. 그래서 보통의 아이들은 장난감을 정리하는 중에 또 새로운 놀이를 시작한다. 하지만 도훈이는 묵묵히 쭈그리고 앉아 지루한 정리를 계속하고 있다. 슬프게도, 이 아이는 어른에게 "싫다"고 말하는 법을 배우지 못했다.

도훈이가 우리 집에서 나갈 때, 나는 그 아이를 꼭 끌어안아주었다.

씨익 미소 짓는 도훈의 얼굴에 비로소 약간, 아이다운 어리광이 보인다.


열다섯의 나이에 새빨갛게 매니큐어를 칠하고 지푸라기처럼 노랗고 거친 머리를 했던 그 아이, "내 꿈은 빠Bar순이야"라고 스스럼없이 말하곤 했던 그 아이가 그 이후 지금까지 스무 해를 어떻게 살아왔을까 가끔은 궁금해진다. 한편으로는 짐작할 수 있을 것도 같지만, 한편으로는 내 짐작과는 전혀 다른 삶을 살고 있었으면 좋겠다는 깊은 바람도 있다.

내가 단지 '나'이기 때문에, 뜻하지 않게 나를 스쳐간 것들에게 입힌 상처를 더듬어본다. 하나의 존재로 던져진 모든 것들은 존재하는 것만으로도 축복이며 동시에 죄악이다. 완전한 존재란 없으며 조금씩 부족하고 모순되기 때문에 그로써 죄악이 되고, 그 부족함과 모순됨이 함께 만나 조금씩 나누고 보듬어가며 서로의 불완전함을 채워주기 때문에 축복이 되는 것이다.

이제 나는 단지 '나'이기 때문에 누군가에게 상처를 입혀서는 안 되는 나이가 되었다. 나아가 내가 입힌 상처에 용서를 구하고 화해를 청해야 하는 나이가 되었다. 내가 상처를 입힌 것들을 다시 불러와 보듬기에는 늦었는지도 모른다. 그러나 잘 눈여겨보면, 그들이 지나간 자리에 그들의 딸과 아들, 그들의 머나먼 친척, 얼굴만 약간 다른 또 하나의 그들이 나를 기다리고 있다. 내가 나누고 보듬을 준비가 되어 있다면 언제라도, 이 새로운 부족함과 모순됨이 함께 만나 축복으로 변모할 수 있을 것이다.

그런데 어째서…… 나누고 보듬는 행위에 내가 1순위를 부여하지 않
는 것인지 모르겠다. 언제나 내 것을 다 지니고, 내 일을 다 끝내고, 내 마
음의 짐이 가벼워졌을 때에야 이들이 생각나는 것인지 모르겠다.

내 것을 다 가진 뒤에 남에게 무언가를 주는 것.
그것은 나눔이 아니라 적선이다.

부끄럽게도……
내게는 아직 나눔보다 적선이 쉽다.

# 오래된 일기

어느 날 아이가 컴퓨터 앞에서 한참 궁싯거린다. 방에 들어와보니, 마우스로 온갖 것을 클릭해놓았다. 세상에, 어떤 것은 똑같은 창을 스무 개나 열어놓았다.

너 대체 뭘 찾니?

네 살 아이는 내게 약간 짜증스럽게 반문한다.

도대체 '인터넷'은 어딨는 거야? 아무리 클릭해도 인터넷은 안 나와!

쿡 웃음이 나왔다. 이미 온라인 상의 창을 수십 개나 열어놓았건만, 아이는 인터넷이란 장난감이 모니터 밖으로 떼구르르 굴러나오길 기대하기라도 한 것일까.

아이를 내보내고 컴퓨터를 끄려다가, 아이가 열어놓은 수십 개의 창 가운데 오래된 일기 파일이 열려 있는 것을 발견했다. 우연히도, 아이를 갖게 된 그즈음의 일기였다.

2000. 8.

어떤 말을 적어야 할지 모르겠다.

내게 생명이 찾아왔다.

이 메마른 몸에.

이 강퍅한 몸에.

배가 아프다.

하혈이 있다.

의사는 사무적으로 말했다.

아직 이 생명은 죽은 생명일 가능성이 있다.

일주일 뒤에 다시 오라.

2000. 9.

오늘 아침 문득, 태양의 고도가 바뀌었음을 발견했다.

네가 최초로 수태된 여름, 끝나려 한다.

살아 있음에 감사하게 되는 짧고도 감동적인 계절, 다가오려 한다.

이 가을 나는 유난히 살아 있음에 대해 많이 생각하게 될 것이다.

네게 좋은 것들을 먹여주고 싶다.

이를테면, 오늘 아침의 놀랍도록 뒤바뀐 청명한 햇살 같은 것들.

햇살을 들이마시는 너의 숨결, 뱃가에 고요히 와닿는 것 같다.

2000. 10.

뱃속의 아기가 태동하는 것을 느낄 수 있다.

깊은 밤 가만히 음악을 듣고 누워 있노라면,

아기도 음악을 좋아하는 것일까?

몸 아랫부분에 작은 수족관을 지닌 기분이 된다.

이 아이는 어쩌자고, 이다지도 약한 내게 전적으로 의지하는 것일까.

이다지도 천진하게 나를 믿는 것일까.

2000. 12.

보고 싶다.

그립다.

신기하다.

한 번도 만나보지 않은 사람을 이렇게 사랑할 수 있다니.


너는 끊임없이 움직인다. 음악과 이야기에 반응하고, 내 감정상태에 반응하고, 내 허리와 배를 가득 채우듯 내 마음을 이유 없는 풍요로움과 들뜸으로 가득 채운다. 네가 내 몸을 그로테스크하게 망가뜨리는 것이, 이 날마다 정도를 더해가는 새로움이 즐겁다. 아주 드물게 예쁜 옷이 입고 싶어진다거나, 날씬하고 가벼운 몸이 그리워질 때가 있지만, 그건 육체적 피로에서 비롯된 그야말로 잠깐의 일이다.


임신 기간 중에 내가 어떠할 것이다 하는, 근심에 가까운 쪽의 예상은 거의 다 빗나갔다. 나는 지금의 이 상태를 사랑한다. 이 평화로운 공존상태.

넘쳐나는 정신적 에너지가 갈 길을 잃고 방황하는 대신, 육신의 새로운 변화와 신비로움에 거의 자동적으로 집중한다. 그것은 매우 산뜻한 움직임이다. 내 정신이 이토록 장시간에 걸쳐 선명하게, 일관되게 움직여온 일이 있던가.

너를 갖기 전, 나는 내게 극도로 순수한 의도를 불러일으킬 수 있는 대상, 무조건적인 열의를 지침 없이 타오르게 하는 대상, 그런 건 없다고 생각했다. 그런데 네가 있었다. 모든 건 저절로 이루어졌다. 너무나 자연스러운 절차를 밟아, 오히려 의심스럽기까지 한 순간이 있었다. 또 너무나 자연스럽게 이루어져, 오히려 나로서는 받아들이는 것 이외에 (잘 받아들이는 것 이외에) 아무런 할 일이 없었다. 나는 내가 한때 제대로 보살피지 않았던 육체와 정신으로부터 놀랄 만큼 너그러운 협조를 받아왔다. 그리고 염치없게도, 앞으로도 계속해서 받을 수 있기를 청한다. 이 보잘것없는 육신에 기대어 나날이 완벽해지는 하나의 어린 생명을 위해, 더 많고도 많은 것을 받아 모으고, 만들어 모으고, 그리고 '쓰고(用)' 싶다. 쭈글거리는 거죽만 남을 때까지 남김없이 써버리고 싶다.

2001. 1.

내게 그 어떤 재능이 있든 간에, 혹은 없든 간에, 나는 이제 아기 엄마가 될 것이고, 그것도 '진짜 충실한' 아기 엄마가 될 것이고, 그것이 나를 행복하게 한다…….

이즈음 갑자기 기도하고 싶어질 때가 있다. 너무나 평화로워서. 감사해서. 저절로 신적인 존재들을 향해 두 손이 모아지고 무릎이 꿇어진다. 생은 참으로 지난하고 고통스럽기까지 한 여행인 반면에, 때로는 이토록 예기치 못한 행복과 감사를 숨겨놓은 보물찾기의 과정이기도 한 것이다.

## 2001. 3.

아기 기저귀, 옷가지, 수건 등등 삶을 것들을 대대적으로 앞에 두고 마냥 앉아 있다. 어디서부터 어떻게 손대야 할지 막막할 정도로 많은 분량이다. 일주일 뒤면 나는 정말 초보 엄마가 되는 것이다. 설렘과 긴장이 늘 함께한다. 임신 기간 내내 꾸지 않았던 꿈을 최근 들어 매일 밤 꾸고, 꿈속에서 나는 밤마다 진통을 하고 아이를 낳는다. 과연 나는 얼마나 준비가 되어 있을까. 아기가 그것을 곧 깨닫게 해줄 것이다.

거울을 보면, 정말로 경이로운 자신의 모습이 있다. 자궁으로 가득한 몸통. 가만히 배 이곳저곳을 만져보면 아기의 팔, 다리, 몸통이 각각 느껴진다. 거의 나올 준비가 다 된 아기는 쉴 새 없이 완전한 생명체로서의 활동을 한다.

재채기하고, 딸꾹질하고, 자세를 바꾸고, 밖의 요란한 소리에 반사적으로 꿈틀대고, 엄마의 메시지에 호응하고……

지난 일요일 아침, 남편과 대학로 마로니에공원에 앉아 과자와 아이스크림을 먹었다. 나는 머리카락에 과자 부스러기를 묻혀가며, 감지 않은 머리와 세수조차 하지 않은 얼굴로 심상히 사람들 사이에 앉아 있었다. 17킬로그램이나 불어난 몸으로 끊임없이 방귀 뀌고 트림하며 멍한 시선을 오래도록 한곳에 두고 사소한 말 한 마디에 밑도 끝도 없이 깔깔대면서.

임신 기간 내내 나는 마치 세상의 한 켠에서 벗어나 있는 사람 같다. 어떤 자극도 내게 고통이 되지 못했다. 나는 과잉분비되는 여성호르몬을 랩처럼 두르고 내 안의 것에만 귀를 기울였다. 내 안의 내가 아닌, 이미 나와 단단히 연결되어버린 이 하나의 타인 아닌 타인에 대해서만.

지금 노트북 모니터 뒤에는 친구가 인도에서 보내준 흑백사진이 걸려 있다. 그렇다. 누구는 히말라야 산자락에서 헤매고 있고, 누구는 똑딱이 시계처럼 회사로 출근을 하고, 누구는 산처럼 쌓인 기저귀 더미 앞에서 기꺼이 망연자실한다.


기대된다.
이 삶의 한가운데,
선택된 견딤,
어떻게 펼쳐질지…….


　　일기는 이렇게 끝이 났다. 이 마지막 일기로부터 나흘 뒤 3킬로그램의 주름투성이 사내아이가 태어났다. 그 아이가 36개월이 되어 함께 터키로 떠난 여행 이야기를 글로 옮기기 전까지, 모니터 앞에 앉아 자판을 두드려본 기억이 없다. 이제 아이는 내 손길을 그닥 필요로 하지 않고, 나는 다시 일기를 쓴다. 아쉬운 일이다. 글로써 고백하지 않고도 자기 정화가 되었던 그 시절, '어머니됨의 황홀함'에 대해 기록해두지 않았던 것은…….

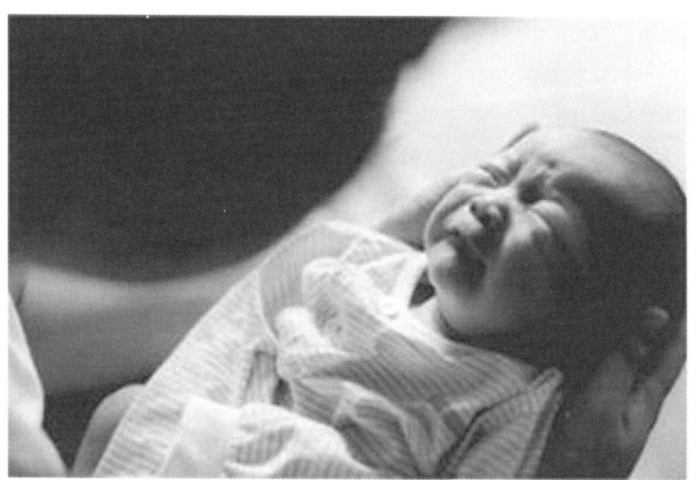

© Nima Oh

# 우리 사랑의
## 기억과 결정 <sub>結晶</sub>

아침에 일어난 아이가 갑자기 걸을 수 없다고 했다. 쉬를 하다 목욕탕 바닥에 주저앉았다. 며칠 감기를 앓던 끝이었으므로 푹 자고 일어나면 좋아지려니 했는데, 아이는 그대로 바닥에 드러누워버렸다. 연휴였으므로 종합병원 응급실 외에는 달리 떠오르는 곳이 없었다. 남편이 아이를 안고 먼저 내려가고 나는 급히 필요한 물품 몇 가지를 챙기는데, 놀란 손끝이 얼음처럼 차가워지고 왼쪽 눈엔 전에 없이 경련이 일었다.

아이가 응급실에서 피를 뽑고 링거를 맞기 시작한 뒤 한참이 지나고 나서야, 조금 정신이 들어 옆 침대의 아기가 눈에 들어왔다. 백일이나 되었을까. 조막만 한 온몸에 네댓 개나 되는 바늘과 호스를 꽂은 채 각종 기계장치에 둘러싸여 있었다. 발가벗은 전신이 눈처럼 창백했고 아무런 미동도 하지 않았다. 그 아기에게 시선이 갈 때마다, 응급실을 아비규환으로 만드는 다른 아기들의 울음소리가 차라리 고맙게 느껴졌다. 그들은 적어도 살아 있다고, 살고 싶다고 신호를 보내는 중이었기 때문이다.

아기 엄마는 급하게 짐을 꾸려 병원으로 온 듯했다. 도저히 외출복이 될 수 없는 셔츠 하나를 걸쳐 입었는데, 브래지어와 가슴이 3분의 2가량이나 드러나 있었다. 그녀는 그 순간, 갑작스레 들이닥친 현실에 멍해져 있었고 아픈 아기를 둔 엄마들이 대부분 그러하듯 죄책감을 느끼고 있었다. 아기가 언제 숨을 멈출지 모르는 상황이라는데도, 그녀는 연신 의사에게 묻고 또 물었다.

저 바늘이 아프지 않을까요?
이 주사는 아프지 않을까요?

마치 신의 결정 앞에서 무력해진 엄마가 할 수 있는 일이란, 아기를 죽음의 늪에서 건져내는 것이 아니라 고작 주삿바늘의 따끔함을 덜어내는 일뿐이란 걸 이미 알고 있다는 듯이……
한때 기꺼이 사랑받았을 둥근 가슴이 거기 남루하게 드러난 채 동정 어린 시선을 견디고 있었다. 기꺼이 사랑했던 순간의 결정체가 언제 숨을 멈출지 모르는 채로 죽은 듯 누워 있었다. 나는 두려웠다. 우리 사랑의 기억과 그 결정結晶이 한꺼번에 몰락해가는 순간을 목도하고 있는 듯했다. 이렇게 아기가 위중한데, 대체 왜 아기 아빠는 나타나지 않는 것일까. 이렇게 아기가 위중한데, 대체 왜 저 남자 의사는 여자의 가슴으로부터 시선을 떼지 못하는 걸까.
버림 받는 것과 사라지는 것 사이에서, 그것들을 향한 무관심과 모욕 사이에서, 나는 어쩔 수 없는 분노와 두려움을 느끼며 때마침 내밀어진 아들의 힘없는 손을 꼭 잡았다.

아기는 곧 중환자실로 보내졌다. 몇 시간이 더 흐른 뒤 중빈도 입원실로 보내졌다. 탈수와 장폐색 등 중빈의 병명은 복합적이었지만, 다행히 며칠 뒤 회복이 보장된 병이었다. 몇 가지 처치 뒤 다소 원기를 회복한 중빈은 입원실 TV로 실컷 투니버스를 보았고, 문병객이 사왔으나 자신에겐 금지된 치즈머핀 위로 장난스럽게 코를 벌름거리기도 했다. 아이는 이제 더 이상 내게 힘없는 손을 내밀지 않았고, 나도 두려움에 떨며 그 작은 손을 꼭 잡을 일이 없었다.

한층 느긋해진 걸음으로 과일을 사러 편의점으로 향하는데 그제야 엘리베이터 유리에 비춰진 내 모습이 보인다. 머리칼은 사방팔방 정신없이 흩어져 있었고, 한 번 놀란 왼쪽 눈의 경련은 여전히 멈추지 않고 있었다.

과일을 사가지고 돌아오다가 입원실 복도에서 그 아기 엄마를 만났다. 그녀는 여전히 같은 셔츠를 입고 있었지만, 죄책감이 걷힌 얼굴에서는 멍함도 걷혀 있었다. 아직 아기가 숨을 쉬고 치료를 받고 있다는 것만으로도 반가워, 그만 그녀를 덥석 붙잡고 아기가 어떠느냐고 물었다. 그녀는 괜찮다고 작은 목소리로 짧게 말했다. 나를 보지 않고 허공을 향해 그렇게 말했다. 우리가 사랑을 고백받았을 때 창문을 열고 세상을 향해 그 사실을 알리고 싶듯, 그녀는 열려진 새로운 현실을 향해 말하고 있는 것 같았다. 내 아기는 이제 괜찮다고. 언제라도 자신을 또 다시 겁먹게 할 수 있는 현실이란 괴물에 대해, 결코 크게 대적하지 않는 낮은 목소리로 내 아기는 이제 괜찮다고. 짧은 대답 뒤에, 그녀는 복도 끝으로 바삐 사라졌다.


가슴을 다 드러내고도 부끄러움을 느낄 겨를이 없는 생의 한 순간, 건너와본 사람은 알 것이다. 그 함몰 직전의 순간, 우리가 할 수 있는 일은 많지 않다. 기도하거나, 누런 브래지어를 전시하거나, 눈꺼풀의 경련이 멈출 때를 기다리거나. 스스로는 모면할 수 없는 부활과 소멸의 경계를 고스란히 견뎌내는 것만이 우리의 일용할 최선이 된다.

작은 우리는 엎드리고, 힘없는 우리는 속삭이며, 그때에 함께 맞잡을 손이 있다면 그 작은 힘이 합해질 뿐. 진실로, 그뿐이다…….

다음 날 금식이 풀린 아이는 태어나 처음으로 먹어본 병원식이 "지금까지 먹어본 맛있는 밥 중에 최고!!!"라며 깔깔 웃었다.

모든 것이 제자리로 돌아왔다.
그녀를 다시 만나지는 못했다.

# How to Wait and See

공동육아 어린이집에서는 한 달에 한 번 방모임을 한다. 이달에는 우리 집에서 모이기로 했다. 아이들과 부모까지, 대략 열다섯 명 정도가 우리 집을 찾는 크다면 큰 모임이다. 다섯 살 아이는 친구들과 그 가족이 모두 놀러 온다는 사실에 무척 기뻐했지만, 막상 모임이 하루 앞으로 다가오자 은근히 한 가지 불만을 내비친다.

나 민지가 우리 집 오는 거 싫어. 더러워.

민지는 이제 20개월이 지난, 아이 친구의 동생이다. 한창 뭐든지 입에 넣고 빠는데, 중빈은 민지가 자신의 장난감에 침을 묻힐 생각에 걱정이 앞서는 모양이다.

중빈, 누굴 초대한다는 건 나눈다는 뜻이야.
우리 집을 나누고 음식을 나누고 장난감을 나누는 거야.
그러면 그 사람들도 너와 나누고 싶어져. 뭘 나누고 싶어질까?
몰라.
바로 마음이야.
하지만 축축한 장난감을 만지는 건 싫어.
엄마도 그 맘 잘 알아. 하지만 아기 침은 네가 생각하는 것처럼
그렇게 더럽지는 않아. 그럼 이렇게 생각해볼까?
우리 장난감 청소 거의 안 하잖아. 그러니까 민지가
네 장난감을 빨고 핥아서 깨끗이 해준다고 생각하자.
엄마는 누가 우리 집에 와서 엄마 물건을 깨끗이 닦아주면

중빈은 썩 맘에 들지는 않는 눈치였지만, 고개를 끄덕였다. 끝까지 싫다 하지 않고, 그쯤에서 고개를 끄덕여준 것이 다행스러웠다.


때로 함께 살아간다는 것은 성가신 일이다. 열다섯 명의 손님을 맞기 위해서는 찬장 속에 숨어 있는 그릇들을 꺼내야 하고 장을 보아야 하고 청소를 해야 하고, 아이는 자신이 그린 그림이 찢기고 장난감에 침이 묻고 소중한 애완용 거북이 집이 뒤집히는 것을 참아내야 한다. 그러나 이 모든 성가신 일들은 금세 자리를 잡는다. 설거지를 하고 제자리에 그릇을 집어넣고 찢어진 그림을 테이프로 붙이고 (딱한 거북이는 잠시 괴로웠겠지만)

뒤집혀진 거북이 집을 똑바로 다시 정돈해놓으면 그만이다. 중요한 것은 그 와중에 오간 대화, 웃음, 손길, 때로는 눈물까지…… 그렇게 서로의 가슴속에 함께 쌓인 '사연'일 것이다. 그리고 그 사연이 엮어내는 유대감과 친밀함일 것이다.

사실 성가신 것을 떠올리자면, 아이만 한 것이 없다. 그런데도 우리는 부득불 아이를 낳고 키우며 그것을 위해 다른 많은 것을 희생한다. 거기에 '관계 맺기'의 비밀이 있다. 더 많이 우리를 귀찮게 하고 염려하게 하는 것일수록 더 많은 사연을 쌓으며 우리 가슴속으로 들어온다. 또, 일단 가슴속으로 들어온 것에 대해서는 그것이 새롭게 만들어내는 성가심과 근심에 대해 너그러워지게 된다. 요컨대, 성가심을 피하고서 깊게 맺을 수 있는 관계란 없는 것이다.

그렇다면 궁금해진다. 어느 것이 먼저일까? 가슴속으로 들어오는 것이 먼저일까, 성가심을 견디는 것이 먼저일까? 지금 당신의 문밖에 누군가 서성이는데, 어느 것이 먼저인지 몰라 당신이 망설인다면, 나는 적어도 이것만큼은 당신에게 이야기해줄 수 있을 것 같다. 일단 문을 열고 그를 들어오게 하라. 그가 그림을 찢는지 손가락을 빠는지 지켜보라. 어느 것이 먼저인가에 대한 답은 당신과 그, 두 사람 공히 조금씩 쥐고 있으므로, 꺼내어 맞추어볼 때에만 알 수 있으리라…….

# 피로할 땐
## 내려놓으라

중빈과 사촌 동생 리온이 붙어 지내기 시작한 지 얼추 한 달이 되어간다. 처음엔 같이 먹고 자는 것만으로도 황송해 하던 찰떡궁합 두 녀석들, 슬슬 말다툼을 시작하더니 고자질을 하고 종종 서로를 귀찮아 하기까지 한다.

　육아를 해본 사람은 다 알겠지만, 하루 중 가장 성가시고 힘든 순간은 마지막, 저녁 목욕시키기. 목욕 자체가 귀찮고 힘들다기보다는 이제 이것만 끝나면 오늘 하루도 끝이라는, 서둘러 마무리하고픈 욕구 때문일 것이다.

　자정이 가까워 오는 그날 밤, 나는 유난히 피곤했다. 더불어 마무리에 대한 욕구도 비등해져 있었다. 그런데 옷을 다 벗고 욕실에 들어간 두 녀석이 지치지도 않고 마지막 순간까지 말다툼을 하고 있는 게 아닌가.

　육아의 당사자인 엄마가 지쳐 있을 때, 그러나 꼭 해야 할 일이 눈앞에 있을 때, 그럼에도 아이들은 영 따라주지 않을 때, 방법은 두 가지다. 엄마도 인간이니, 어쩔 수 없이 피로를 발산하며 아이들을 다그치거나 아니면,

눈 딱 감고 그 '할 일'을 손에서 내려놓거나.

사실 일상의 반복성이란 견고해서, 그날그날 해야 할 일에 순차적으로 쫓기다보면 늘 하던 것을 건너뛰기보다는 다그치면서 하는 쪽으로 선택하기가 십상이다. 나 또한 어릴 적 가사에 지친 엄마에게 등짝을 맞아가며 목욕했던 기억이 있다.

하지만 피곤할 때일수록 한 번쯤 숨을 깊이 들이켜고 일상의 틀에서 벗어나보는 것이 좋다. 피로의 당사자인 내가 할 일을 내려놓음으로써 아이도 등짝을 맞은 서러운 기억을 간직할 일 없고 나도 드러누워 좀 더 쉴 수가 있으니. 그리하여, 피로만땅인 나는 발가벗은 채 다투는 아이들에게 말했다.



여섯 살인 리온은 이것을 무슨 놀이쯤으로 생각하는 것 같았다. 방실방실 웃으며 "네!" 한다. 일곱 살인 중빈은 이것이 과연 벌인가 놀이인가 헷갈리는 것 같았다. 눈을 동그랗게 뜨고 "헐! 샴푸까지도?" 묻는다.

나는 짐짓 모르는 척, 휴식을 취하러 소파에 드러누웠다. 아이들은 언제 다퉜냐는 듯, 머리를 모아 대책 마련에 부심했다.



자기들끼리 유난히 깔깔거린다. 내가 씻겨줄 때보다 10배는 정겹고 상냥한 목욕이 된다.



소파에 누워 아이들의 다정한 목소리를 듣고 있자니, 슬며시 미소가 지어졌다. 나는 한결 여유로워져서 맘속으로 미리 생각해놓았다.

아이들이 욕실에서 나왔을 때 머리에 샴푸가 반쯤만 헹궈져 있어도,
발뒤꿈치가 그대로 새카매도 눈을 꾸욱 감아줘야지.
예쁜 강아지들, 정말 잘 해냈구나, 엉덩이를 토닥토닥 보듬어줘야지.

일상을 내려놓을 때 필요한 것은 오직 한 가지,
'확실하게' 내려놓는 것뿐이니.

갑자기 기도하고 싶어질 때가 있다.

너 무 도  평 화 로 워 서 .  감 사 해 서 .

생은 참으로 지난하고
고통스럽기까지 한 여행인 반면에,

때로는 이토록 예기치 못한
행복과 감사를 숨겨놓은
보물찾기의 과정이기도 한 것이다.

# 또 다른 성

'싸움놀이'가 아이에게 최고의 놀이로 등극했다. 발을 구르고 주먹을 휘두르고…… 그렇게 하루에 최소한 20분쯤 힘을 쥐어짜지 않으면 잠도 오지 않는단다. 여섯 살 아들을 가진 엄마가 아무리 이리 뛰고 저리 뛰어도 상대해줄 수 있는 것의 한계는 바로 이 지점.

중빈아. 너무 아파. 제발 싸움놀이는 아빠랑만 하렴.

덕분에 아빠에게 새로운 중책이 부여되었으니, 바로 적당히 공격하고 적당히 맞아주기. 그것도 밤 12시까지 종일 일하고 돌아와 녹초가 된 상태에서. 중빈은 아빠가 돌아오자마자 다람쥐처럼 올라타고 외친다.

덤벼!!!!!

미처 못 푼 넥타이를 목에 걸고 남편도 함께 외친다.

대체 내 팔자는 왜 이래!!!!!

그래도 남편은 아이만큼이나 그 시간을 소중하게 생각한다.

이 녀석 펀치가 굉장히 세졌는걸!
아쭈~ 인제 급소를 제대로 차는데!

그걸로도 모자라, 자정 너머 회사에서 출발하면서도 전화로 아이에게 신신당부한다.

아빠 지금 간다. 자지 말고 기다려!!!

매일매일 곰처럼 맞아주는 어른을 상대로 스파링을 해대니, 또래와 싸움놀이를 할 때 폼 자체가 다르다. 아직 다른 아이들은 툭툭 건드리고 도망치는 것이 싸움놀이의 기본인데, 인석은 두 주먹을 불끈 쥐고 있는 힘 껏 내뻗으며, 거미줄처럼 들러붙는다. "뭐해, 빨리 안 덤비고!" 하면서. 에 고고……

드디어 올 것이 오고 말았다. 어느 날 유치원에서 돌아온 아이가 말한다.

엄마, 나 오늘 유치원에서 N을 주먹으로 세 대 쳤다.
장난으로 안 치고, 아빠 칠 때처럼 있는 힘껏 쳤다.

헉!


**그래서 어떻게 됐니?**

N도 날 치더라구. 그런데 걔는 하나도 안 아프게 치는 거야.

**말로 하면 더 좋았을 텐데, 왜 쳤을까?**

걔가 종일 나를 따라다니면서 괴롭히잖아.

오줌 쌀 것 같은데 화장실도 못 가게 계속 길을 막고.

미끄럼틀에 올라갈 때는 목을 막 졸랐어. 숨 막혀 죽을 것같이.

아무리 하지 말래도 계속 졸랐어.


맞을 짓을 하긴 했구만…… 언뜻 생각하면서도, 얼른 이성을 되찾는다.


**선생님께는 도움을 청해봤니?**

선생님한테도 말했어. 나 말고 다른 애들도 때려서

선생님이 생각하는 의자에도 앉으라 그랬어.

그래도 말을 안 듣는 거야.

밥 먹을 때 울면서 미안하다고 해놓고 또 그러는 거야.

집에 올 때 버스 타려고 줄 서 있는데 또 목을 조르길래

내가 힘껏 때려줬어.


아이 말을 들어보니, 아이를 나무라기도 좀 난처한 상황이었다. 사내 아이들의 세계는 때로 무질서하고 야성적이어서, 스스로 방어본능을 느 꼈다면 방어해야 할 때가 있다.

내 당부에 아이는 부러 목소리를 쫙 깔고 대답한다.

약간은 안타까웠다. 공동육아를 했다면 그 아이가 가정적으로 어떤 힘든 일이 있어 (동생을 보아 엄마를 뺏겼다든지, 부부 사이에 불화가 있다든지) 지금 돌출행동을 하는지 알고, 중빈에게 좀 더 정확한 조언을 해줄 수 있었을 텐데. 무엇보다도 그 아이의 부모와도 함께 대책을 찾고, 선생님께 더 따뜻한 보살핌을 부탁할 수 있었을 것이고, 같은 반 엄마들이 가정 내에서 자녀들에게 그 아이의 상황을 설명해준다면, 아이들이 맞거나 할큄을 당한다 해도 그 아이를 조금 덜 미워하고 마음의 상처를 조금 덜 받을 수 있을 텐데.

이사 후 아이가 일반 유치원에 다니기 시작한 뒤로 유치원과 가정 사이의 연결고리는 매우 빈약해졌다. 공동육아를 그만두면서 이미 충분히 염려하고 짐작한 바이지만, 나는 이 연결고리의 빈약함이 때때로 불안하고 못 미더워지곤 한다.

내 마음속이야 복잡하든지 말든지 간에, 애 아빠는 신이 났다. 애제자가 일방적으로 맞고 들어오지 않은 것만으로도, 그동안 스파링하며 얻어맞은 모든 피로가 봄눈 녹듯 사라지는 모양이었다. 어찌됐거나 주먹다

짐을 하고 들어온 아이 앞에서 상황파악 못하고 "잘 했다! 잘 했다!" 하지를 않나……. 아이는 더 흥이 나서 아빠 앞에서 부연설명을 한다.

개가 날 때릴 때, 난 하나도 안 아팠어!
꼭 개미가 지나가는 것 같았어!

그리고 부전자전이라고 했던가, 자전부전이라고 했던가. 급기야 남편은 회사에까지 가서 아들의 뚝심(?)을 자랑한 모양이었다. 어젯밤 집으로 돌아와 웃으며 너스레를 떤다.

중빈이가 친구한테 맞고도 '개미가 지나가는 것 같았다'고 했더니,
다섯 살 딸 가진 아빠가 당장 소개팅 시켜주자고 그러던데~!

엄마에게 딸은 친구이고 아들은 손님이라더니. 아들이라는, 결국은 내가 '그동안 잘 몰랐음이 증명된' 또 다른 성에 대해 나날이 새롭게 배워가는 중이다. 총 나오고 싸움놀이 나온 이후로, 가끔은 이렇게 중얼거리기도 하면서.

아들아, 지금까지 배운 걸로도 충분하니,
이제 그만 배웠으면 좋겠다……

# 폭탄 파편 줍기

그런 날이 있다. 내가 하는 일은 정말 초라한 일, 아무도 신경 쓰지 않을뿐더러 진척도 없다. 발단은 작은 것이기도 하고, 개별적인 작은 것들이 연대해 크게 저항할 때도 있다. 그런 날일수록 몸도 찌뿌둥하다. 머리도 무겁고 손가락 까딱도 하기 싫다.

시간은 고무줄이 된다. 빠르게 지나면, 하는 일도 없이 허송세월한다는 자괴감이 들고, 더디게 흐르면, 일분일초가 얄궂은 고문 같다. 반면, 헤쳐나가야 할 것은 평소와 그대로다. 기분이 시큰둥하다고 해서 내버려두면 손댈 수 없을 지경으로 쌓여만 간다.

어릴 때 나 몰라라 하고 누워 있으면 그러했듯 누군가 잠시만이라도 내 일을 대신 해주었으면 한다. 하지만 저녁 무렵 폭탄 맞은 집안에서 확인하게 되는 건 역시 나는 왕비가 아니란 것, 움직이는 만큼만 상황이 진척된다는 것. 응석은 통하지 않는다.

질문하게 된다.



위험한 질문이다.



유치한 질문이다. 하지만, 차라리 그렇게 유치한 것에 답이 있다면 좋겠다. 애인이 있는 사람, 유모가 있는 사람, 잘나가는 사람, 두루두루 알고 있다. 그들도 결국은 똑같이 위험한 질문을 한다.



그들은 도리어 두 배로 절망한다. 남들에게 없는 것이 있기에. 그럼에도 충족되지 않기에.

어느 날 한 동생이 인생살이의 험난함에 대해 거품을 물다가 농담 반 진담 반으로 이렇게 말했다.

하지만 정말로 정말로 돈이 많은 사람들은 다를 거야.

나는 웃으며 대답했다.



웃으며 말했지만, 100퍼센트 진담이었다.
사실 나는 그 '위험한 질문'에 대한 대답도 알고 있다.

이게 다다.

'이게 다'란 사실을 저항 없이 받아들이고, '이게 다'임을 여실히 증명
하는 널브러진 양말짝을 애정으로 집어올려야 한다. 늘 같은 세상이었다.
양말은 늘 거기에 있었다. 불평하기 시작하면 지옥이 되고, 만족하기 시작
하면 천국이 된다.

아이가 오늘따라 유난히 신경질적인 엄마 곁에서 얼쩡대다 꼭 끌어안
고 냄새를 맡는다.

아, 엄마 냄새는 왜 이렇게 좋을까? 엄마는 혹시 꽃이 아닐까?

전화 목소리에서 심상치 않음을 감지한 남편이 한 시간 일찍 들어왔다.

그리고 아이는 제 방으로 들어가 또 폭탄을 터뜨려놓고 남편은 또 앉은 자리에 양말을 벗어놓는다. '이게 다'인 세상은 내게 신선한 대안을 내놓지는 않는다. 그러나 있는 것 중에 무엇을 선택할 것인가 하는 문제만큼은 언제나 내게 맡겨둔다. 천국과 지옥, 무엇을 선택할래?

나는 조용히 앉아 폭탄의 파편들을 줍기 시작했다.

# 한 번쯤
## 이 봄날 오후

봄이었다. 어린이집에 있는 아이를 데리러 가기 위해 마을버스를 탔다. 학교 앞 정거장에서 일군의 고등학생들이 밀려들었다. 함께 승차한 예닐곱 살쯤 된 아이와 그 엄마가 잡을 곳을 찾아 흔들렸다. 내가 자리에서 일어서자, 엄마가 깜짝 놀랄 만큼 크게 말한다.

고맙습니다~!

엄마가 아이를 무릎에 앉히고 모자를 벗겼다. 아이의 머리가 생각보다 크다. 두 귀에는 보청기가 달려 있다. 아이는 맥도날드 로고가 있는 트럭을 좋아라 손에 쥐고 창틀 위에서 운전을 했다.

트~럭~!

엄마가 아이 귀에 대고 말해준다.

트~럭~!

트~럭~!


엄마는 몇 번이고 반복했다. 아이는 전혀 알아들을 수 없는 소리를 들릴 듯 말 듯 중얼거릴 뿐이다. 발치에 놓인 맥도날드 봉투에서는 고소한 프렌치프라이 냄새가 떠돈다.


집에 가서 형아랑 맛있게 먹자~!


엄마의 말이 들리는지 안 들리는지, 아이는 무심결에 자꾸만 더러운 신발을 봉투 안으로 집어넣는다.


발 거기다 넣으면 안 돼~! 먹는 거잖아~!


엄마가 발을 빼주며 크고 다정하게 말했다. 엄마는 그렇게 다섯 번을 더 말하고, 아이는 여섯 번을 더 집어넣는다. 엄마의 얼굴은 늙어 있다. 뒤늦게 본 아들 같다. 하지만 엄마의 목소리만큼은 꾀꼬리 같다. 하나의 사실, 하나의 단어를 전달하기 위해 열 번 스무 번 같은 말을 반복해야 하는데도, 꾀꼬리 같은 목소리로 지치지도 않고 계속 떠든다.


저기 저 누나 좀 봐라~! 넘어졌네~! 슬리퍼를 신고 뛰다가 그랬네~!
봄이 왔다~! 저 화단에 꽃들 좀 봐라~!

아이 귀의 보청기를 보지 않았다면, 누구라도 그녀를 신바람이 나 아이를 키우는 (목소리가 너무 큰) 엄마 정도로 여길 터였다. 아이는 저만의 고요에 휩싸여 오직 손안의 트럭에만 집중하고 있었다. 그럼에도, 외치듯 이야기하는 엄마의 얼굴은 지쳐 있지 않았다. 애써 힘주어 밝은 얼굴도 아니다. 그저 자연스럽다. 남보다 더 억울한 삶의 무게도 없다. 순간순간을 인내하는 투지도 보이지 않는다. 엄마는 가벼운 봄 햇살 속에서, 머리가 크고 무거운 아들을 무릎에 앉히고, 끝없이 노래하는 새처럼 가벼이 재잘 댈 뿐이다.

콧잔등이 시큰해지는 걸 느끼며, 나는 창밖으로 눈을 돌렸다. 나이 많은 엄마는 모를 리 없다. 무릎에 앉히기에도 너무 커버린 아들이 이제 곧 엄마의 품 밖에서 겪게 될 수난과 고초들을. 그러나 그녀는 알면서도 받아들인다. 죽을 듯한 우울로서가 아니라, 놓을 수 없는 책임감 때문이 아니라, 이것이 그녀의 희망이며, 그래서 행복이라는 얼굴로 받아들인다. 이것이 삶이며, 이런 것이 삶의 속성임을 잘 알고 있으며, 이 삶 속에 놓인 것이 감사하다는 얼굴로 받아들인다.

아이는 결국 잠이 들었다. 늙은 엄마는 늘어져 더 무거워진 아이를 등에 업었다. 햄버거 가방을 든 채 비틀거리며 버스에서 내렸다.

어딘가에서
다시 만날 수 있기를 바란다.
다 알면서도 받아들이지 못할 때,

다 알면서도 더 애쓰지 못할 때,
희망이라는 단어를 완전히 잃고
이제 다시는 일어서지 못할 것이라 느낄 때,

한 번쯤, 이 봄날 오후,
떠올리기를 바란다.

# 겨울이

그 아이가 동네 어귀 자장면집에 온 것은 지난겨울. 그래서 녀석의 이름은 겨울이가 되었다. 과학자들은 웃는 것이 인간만의 특권이라 하지만, 녀석을 보면 그들의 오류를 쉽게 알아챌 수 있었다. 빛나는 노란 털, 꼬리를 재게 흔드는 녀석은 늘 해실해실 반가운 '미소'를 띠고 드나드는 동네 사람들을 반갑게 맞이했으니.

처음에, 겨울이는 천지분간을 못하는 아기 강아지였다. "겨울이다!" 외치는 아이들 모두에게 서슴없이 다가와 발가락을 핥았고 빈 과자봉지에도 괜시리 미련이 남아 몇 번씩 주둥이를 들이밀곤 했다. 그러다 두어 달쯤 후부터는 부쩍 영리해졌다. 주인이 준 천 원을 입에 물고 슈퍼로 심부름을 다녀오기도 했고 제 이름을 불러주지 않는 아이들에게는 구태여 먼저 다가가지 않았다. 두 살이 넘어도 침을 질질 흘리며 제 똥을 뭉개고 앉거나, 아무에게나 산만 한 덩치로 덤벼 상대방의 경악과 상관없이 저 혼자 반가움을 표시하는 우리 집 개 지수와는 현격히 대조되는 성장과정이었다.

역시 암컷은 영리해.

게으른 나는 지수를 재교육하려 들기보다 맘 편히 성차별주의자가 되기로 했다. 개에 관한 한.

한 달쯤 전부터 겨울이가 안 보이기 시작했다. 궁금하던 차에, 슈퍼에 갔다가 동네 대소사를 꽉 잡고 계시는 주인 할머니 대화를 엿들었다.

시방 낳고 있디야. 여덟 마리나 뱄다는구먼.
그 쪼깐한 것이 우쯔케 뒤처리를 할지 모르겠네.

어차피 다 낯익은 동네 할머님들이라 곧장 끼어들었다.

누가 새끼를 낳아요?

겨울이었다. 그 시각, 자장면집 뒷방에서 두 번째 새끼를 밀어내고 있는 중이란다.

하지만, 겨울이는 아직 새끼잖아요?
어리긴 혀도 개들은 팔구 개월만 되믄 새끼를 밸 수 있자녀.
저기 뒷집 백구랑 또 그 뭐시기냐 그 옆집……
하여간 우리가 붙는 거 다 봤구먼.

아직도 칼날처럼 선명히 몸에 각인된 출산의 고통이 떠올라, 나는 겨울이의 어리디어린 얼굴을 떠올리며 한 번 더 멍청하게 중얼거렸다.

하지만…… 그 애는 아직 새낀데……

며칠 뒤 아이와 함께 소시지 두 개를 들고 겨울이 문안을 갔다. 세탁기가 있는 컴컴한 뒷방에 겨울이는 힘없이 누워 있었다. 아직 눈도 뜨지 못한 여덟 마리의 새끼들이 발발 떨며 밟고 밟히며 경쟁적으로 어미의 젖꼭지를 찾아 힘겨운 몸싸움을 하고 있었다. 주인아저씨의 설명이 곁들여졌다.

개들은 낳는 속도를 조절할 수 있다고 해요.
한 마리에 한 시간씩, 밤새 여덟 시간에 걸쳐 낳았어요.
한 마리가 나오면 탯줄을 이빨로 끊고 태반을 삼키고,
그 새끼가 젖꼭지를 찾아 무는 것을 본 뒤에야
다음 것을 낳았으니까요.
나들이를 그렇게 좋아하던 녀석이 종일 꼼짝도 않고
저렇게 누워만 있어요.
새끼들이 젖을 실컷 빨 수 있도록 말이에요.
새끼들이 싼 오줌똥도 바로바로 삼켜버려요.
저도 이번에 알게 된 건데, 동물들은 새끼의 존재를 적에게 감추기
위해 새끼가 분비물을 남기는 족족 그 자리에서 먹어치운다네요.
보세요, 여덟 마리나 되는 새끼를 돌보는데도 얼마나 깨끗한지.
뿐인가요? 새끼들 없어질까봐 문도 못 열게 하고

자기가 대소변을 보고 싶을 때만 문을 긁어 열어달라고 해요.
그러곤 볼일만 후딱 보고 돌아와 다시 저렇게 눕죠.


겨울이의 얼굴은 부쩍 야위어 있었다. 그리고 부쩍 성숙해 있었다. 달
리 무어라 형언하기 힘든, 지독한 책임감이 거기 어려 있었다. 새로 부여
받은 단 한 가지의 책무 외에 그 어떤 유혹이 자신을 흔들어도 지금은 관
심이 없다는 얼굴이었다.


흔들리지 않는,
어린 개의 얼굴이라니…….
그 숭고함이라니…….

나는 서른이 넘어 아이를 낳았어도, 출산에 대한 온갖 정보와 풍문들을 접한 뒤였어도, 아이가 태어난 지 불과 며칠 만에 곧 흔들렸다. 젖은 원하는 만큼 나와주지 않았고 배고픈 아이는 종일 울어댔다. 헐어버린 유륜에 아이가 입을 가져다댈 때마다 자동적으로 찔끔 눈물이 솟아올랐고 "엄마야~!" 외마디 소리가 새어나왔다.

모든 동물적인 것이 유혹이었다. 잠시라도 우는 아이를 내려놓고 싶었다. 유륜이 아물 때까지만이라도 젖을 물리지 않고 싶었다. 가까스로 그 유혹들을 이겨냈을 뿐, 저토록 흔들림 없는 숭고함 같은 것, 나는 타고나지 못했었다.


장하다, 겨울이, 정말 장하다……


나는 몇 번이고 겨울이에게 속삭여주었다.


여덟 마리의 강아지들은 어미가 야위는 만큼 통통하게 살이 오를 것이다. 무엇이 자신들을 살찌웠는지 까맣게 잊은 채 까불고 뒹굴며 노닐다가 곧 지나가는 아이들의 발가락을 핥고 빈 과자봉지에 미련 많은 주둥이를 들이밀 것이다. 그리고 또 때가 되면 저렇게 드러누워 처음부터 알고 있었다는 듯 태연히 젖을 물리겠지.


돌아오는 길, 아이에게 말했다.


젖을 가진다는 건 정말 멋진 일인 것 같아.

아이도 감동에 젖어 대답한다.

맞아. 정말 착한 일인 것 같아.
너도 엄마 젖 먹던 시절이 기억나니?
그러엄! 얼마나 맛있고 냄새가 좋았는데~!

아이는 새삼 애정이 솟아나는 듯 내 허리를 끌어안고 마구 뽀뽀를 해 댄다.

자장면집 앞을 지날 때마다 자꾸 뒷방 쪽을 기웃거리게 된다. 아이들은 때때로 그곳에 멈춰 서서 재잘재잘 겨울이의 안부를 묻고 노총각 주인 아저씨는 연일 만면에 미소를 띤 채 자장면을 배달한다. 여덟 마리 강아지의 탄생으로 인해 동네 어귀 그곳은 더 아름다워졌다.

우리가 태어나기 이전부터 어미들이 주욱 해왔던 일, 우리가 스러진 다음에도 어미들이 주욱 해나갈 일, 남들이 다 해내며 살고 있는 일을 가까스로 남들과 같이 해낼 뿐이더라도, 지친 우리들, 한 번쯤 다시 알아야 한다.

그 작은 일에
흔들리지 않는 숭고함이 있다는 것······.

그리고 5년 후……

엄마, 나를 좀 안아서 들어올려봐.

나는 몇 번이나 시도를 한다. 잘 되지 않는다.

도저히 못하겠다, 야.

아들은 어느덧 나와 키가 같아졌다.
아기 적부터 말하곤 했다.

네가 5학년이면 엄마를 따라잡을 걸.

아이는 지금 딱 그 나이다.

그럼 내가 엄마를 안아볼게.

우리는 다시, 흔들흔들, 좌충우돌, 몇 차례나 시도를 하다
결국 그만둔다.

문득 생각났다.
아이 겨드랑이 아래 두 손을 넣어 답삭 들어올리던 그때.

어떤 때는 그렇게 안고 탱고를 추었지.
너는 까르르까르르 웃었지.

어떤 때는 그렇게 안고 팔이 빠질 것 같았지.
너는 지축을 흔드는 울음을 멈추지 않았지.

중빈이 말한다.

그때가 된 거야.
그때라니?
우리가 서로를 안을 수 없는 때.
그렇네……

내 무릎께에서부터 쭉쭉 올라온 아이,
한동안 나만 너를 안아올릴 수 있었듯이
'서로를 안을 수 없는' 이때를 지나면
이제부턴 너만 나를 안아올릴 수 있겠구나.

우리는 한 번뿐인 '그때'를 기념하며
똑같은 눈높이에서 서로를 꼭 안아주었다.

# 엄마, 내가 행복을 줄게

© 오소희 2013

| 개정판 1쇄 | 2013년 12월 16일 |
| 개정판 2쇄 | 2016년  1월 26일 |

지은이　　　오소희
펴낸이　　　김정순
책임편집　　한아름
디자인　　　이혜령
마케팅　　　김보미 임정진 전선경

펴낸곳　　　(주)북하우스 퍼블리셔스
출판등록　　1997년 9월 23일 제406-2003-055호
주소　　　　04043 서울시 마포구 양화로 12길 16-9 (서교동 북앤드빌딩)
전자우편　　editor@bookhouse.co.kr
홈페이지　　www.bookhouse.co.kr
전화번호　　02-3144-3123
팩스　　　　02-3144-3121

ISBN　　　　978-89-5605-699-9　　03810

이 도서의 국립중앙도서관 출판시도서목록(CIP)은 서지정보유통지원시스템 홈페이지(http://seoji.nl.go.kr)와
국가자료공동목록시스템(http://www.nl.go.kr/kolisnet)에서 이용하실 수 있습니다.(CIP제어번호: CIP2013024554)